인생이라는 길 위에서

KB191624

인생이라는 길 위에서

송정(松亭) 김복태 자서전 ─ 김복태 지음

어깨 위 망원경

굴뚝에 연기가
피어오르면

"아무개야, 와서 밥 먹어라."

"저녁 먹어야지."

자기를 부르는 소리에 친구가 재빨리 일어났다.

"복태도 밥 먹고 가라."

"아니요. 저는 집에 가서 먹을게요."

거짓말이었다. 집에 가도 먹을 음식은 없었다. 친구 어머니도
잘 알고 있었다. 그런데도 붙잡지 않았다. 아니, 붙잡지 못했다. 말
이 저녁이지 친구의 집 저녁상에도 삶은 고구마 몇 개가 전부일 테
니, 붙잡는 시늉이라도 해주신 게 고마울 따름이었다.

다른 집에서 한껏 놀다가도 굴뚝에 연기가 피어오르면 약속이라도 한 것처럼 모두 흩어졌다. 남의 집에서 끼니를 해결하는 것처럼 예의에 어긋나는 행동은 없었다. 내 자식 배불리 먹일 것도 없는데, 한 끼 아량은 불가능했다. 한껏 배가 부르도록 뭘 먹어보았다는 사람이 없던 시절이었다. 그땐 다 그랬다. 그랬기에 밥 한 끼 배불리 먹어 보는 게 소원이었다.

상다리 부러지게 차려진 밥상이라는 말은 동화책에서나 볼 수 있었다. 실제로 본 적은 없었다.

저녁을 지나 밤이 되어도 아버지는 돌아오지 않았다. '아직도 아버지는 일이 끝나지 않았나 보다.'

매일 같이 저녁을 굶어야 했지만, 원망하지 않았다. 아버지의 고생을 잘 알고 있어서였다.

아버지는 가진 게 없었다. 작고 쓸모없는 땅, 그게 전 재산이었다. 그 땅에서 나는 소출 만으로는 살아갈 수가 없었다. 그러나 자식들을 배불리 먹이지는 못해도 굶겨 죽이지는 않아야 했다. 그래서 아버지는 남의 집 머슴살이를 하였다. 버는 건 겨우 하나둘 건사할 정도인데, 손을 벌리는 자식은 일곱이나 되었다. 남는 게 어디 있고 베풀 게 어디 있었을까. 자식 배불리 먹는 걸 보는 게 당시의 가장 큰 행복이었을 터였다. 하지만 부모님은 그러한 행복을 누리기 힘든 시절을 보냈다.

우리 집 굴뚝에선 저녁연기가 피어오른 적이 많지 않았다. 아니 땐 굴뚝에서 연기가 나겠는가. 가마솥에 가득한 밥을 고봉으로 그릇에 담아 주식으로 하고 고소하게 익은 누룽지를 간식으로 삼는 건, 꿈에서도 불가능했다.

가난은 나와 가족 모두를 힘들게 했다. 하지만 나는 마냥 불행에 잠겨 있지만은 않았다. 친구들이 한글을 배울 나이에 나는 기꺼이 지게를 짊어졌다.

이미 그때부터 삶이라는 무거운 짐을 짊어진 게 아닌가 싶다.

소가 먹을 풀도 베어야 하고 땔나무도 산에 올라 직접 구해야만 했다. 물론 우리 집 형편에 소를 살 돈이 있을 리가 없었다. 부잣집에서 송아지를 사다 주면 우리가 길러주고 그에 상응하는 몫을 받았다.

남의 소라도 잘 길러야 하니 잘 먹이기 위해 풀을 베야만 했고 그 일은 오롯이 내 몫이 되었다. 결국 지게를 짊어져야만 했다. 아버지가 손수 만들어 주신 지게였다.

"잘할 수 있지?"

"네, 아버지."

"헤헤. 고놈, 지게랑 잘 어울리네."

부모님은 지게를 짊어진 내가 대견하다며 웃었지만, 속으로는 울고 계셨다. 괜찮은 척 시늉하셨지만, 부모님은 어린 아들에게 속마음을 들켜버렸다.

한참 응석을 부릴 나이였다. 하지만 나는 힘을 주어 지게 끈을 움켜쥐었다. 이를 악물고 일어나 아버지처럼 헤헤 웃었다. 하나도 힘들지 않은 것처럼. 그깟 지게쯤 아무것도 아니라는 듯이.

지금처럼 길이라도 반듯했으면 편했으련만, 그때는 죄다 울퉁불퉁하고 구불구불한 길뿐이었다. 좋은 운동화가 어디 있었겠는가. 구멍 뚫린 양말이라도 있으면 다행이었다. 낡고 해진 고무신을 신고 길을 나섰다. 내 몸보다 더 큰 지게를 짊어지고서.

그때, 내 나이 일곱 살이었다.

3장. 험난한 서울 적응

4장. 서울 곳곳을 떠돌다

9장. 사람 중심의 경영철학

10장. 나눌수록 행복하다

1장.
늘 주리던 유년기

" 어느 순간부터 나는 무엇이든 긍정적으로 받아들이기 시작했다.

힘들다고 투정한들 상황이 바뀌지 않으리란 걸 알아서였다.

돈이 없다고 우리 가족이 종일 우는 것도 아니었다.

배가 고프다고 서로 싸우기만 하는 것도 아니었다.

긍정은 나중에도 두고두고 나를 버티게 해주는

원동력이 되어 주었다. "

운봉에서 태어난 아이

　남원시 운봉읍 화수리 비전마을.

　운봉(雲峰)은 구름을 이고 있는 산봉우리다. 사람들은 운봉읍에 자리한 화수리를 하늘과 가까운 동네라고 부른다. 손을 뻗으면 구름이 손에 잡힐 듯했다. 운봉읍은 실로 하늘과 맞닿은 곳이었다. 해발 오백 미터를 넘는 고랭지다.

　구름이 떠돌다 잠시 쉬기 위해 들리는 곳, 머물 데를 찾아 날아가던 철새 떼도 잠시 날개를 접고 쉼을 청하는 곳이다. 구름을 밀어내던 바람도 이곳에서는 멀리 돌아간단다. 이 때문인지 ≪정감록≫은 운봉 동점촌(銅店杏村) 부근 백여 리를 전국 십승지(十勝地) 중 네 번째라 기록했다.

얼핏 보아도 이처럼 훌륭한데 하늘에서 내려다보는 풍광은 얼마나 아름다울까. 알록달록 무지개를 세상에 펼쳐놓은 듯, 가꾸지 않아도 색동저고리처럼 수려한 곳이다. 세상 어떤 존재라도 잠시 쉬어감이 마땅하다.

하늘과 가까우니 맑은 공기는 덤이다. 지나가는 바람 소리도 마냥 듣기 좋은 동네다. 그래서 그런지 좋은 소리를 내는 사람이 곳곳에서 배출되었고 그 수는 헤아리기도 힘들다.

손홍록 선생, 그 이름도 유명한 판소리 '동편제'의 시조이다. 그가 태어난 곳이 바로 운봉읍 화수리이다. 이곳은 또한 국창 박초월 선생의 고향이기도 하다. 이를 두고 마냥 우연이라고만 할 수는 없겠다.

하늘과 가까워 노래를 부르면 목이 트이고 소리도 커졌을 테다. 이후 수많은 명창이 하늘 아래 같은 마을에서 배출되었으니 축복받은 땅이 분명하다. 이렇듯 나의 고향은 예로부터 지금까지 국악의 성지로 자리매김한다. 이는 나뿐만이 아닌 고향 사람 모두의 커다란 자부심이요, 자랑거리다.

1945년 4월 3일. 이곳에서 나는 태어났다.

그야말로 동양화를 펼쳐놓은 것 같은 마을이 나의 고향이다.

수려한 풍광을 안은 마을에 태어났으니 삶도 평온했을까?

고향 마을은 흔히 알고 있는 평지와는 다른 환경을 갖고 있다. 고랭지는 말 그대로 높고 서늘한 곳이다. 풍광이야 이루 말할 수 없지만, 위로 오를수록 기온이 낮아진다. 한여름에는 평지보다 훨씬 서늘하고 겨울철에는 매우 춥고 눈도 많이 내린다.

현대의 기술로 보자면, 고랭지는 농업 생산성을 높이는 좋은 환경이다. 배추와 같은 고랭지 작물은 품질도 우수하고 맛도 좋다. 그러니 사람들에게도 인기가 많다. 하지만 그건 농업과학이 고도로 발달한 지금에나 통하는 이야기다.

아버지에게는 고랭지를 활용할 기회도 없었고, 방법도 없었다. 요즘처럼 농업과학이나 농기구가 발달한 것도 아닌 데다 무엇보다 고랭지를 적절히 활용할 수 있는 지식이 당시의 농부들에겐 전혀 알려지지 않았다.

조부모님은 가난했고 아버지에게 교육의 기회를 주기는커녕 쓸만한 재산도 물려주지 못했다. 당시로서는 척박하기 이를 데 없는 땅 몇 마지기만을 겨우 남겼을 뿐이다.

머슴을 살던 아버지

물려받은 땅에는 무엇을 심어도 돈이 되지 못했다. 바위틈에서 자라나는 흔한 풀도 그곳에서는 생명을 쉬이 이을 수 없었다.

부모님은 거친 땅에 안 해본 일이 없었다. 콩도 심어보고 감자도 심어보았다. 하지만 헛수고일 때가 더 많았다. 온갖 정성을 기울였지만, 늘 반의반도 건지지 못했다. 가족들이 일용할 양식만큼이라도 되면 좋으련만, 어림없었다. 할아버지가 아버지에게 물려준 땅은 그만큼 기름지지 못하고 메말랐다. 일곱이나 되는 자식들은 항상 배를 곯았다.

아버지에겐 다른 방도가 없었다. 배움도 많지 않은 데다 재산도 없던 아버지가 택한 일은 남의 집 머슴살이였다.

풍족한 사람은 굶기를 밥 먹듯 한다는 말의 의미를 모른다. 나와 우리 가족은 그 의미를 잘 알았다. 가족 모두가 먹는 날보다 못먹는 날이 훨씬 더 많았다.

아버지와 어머니가 게으른 것도 아니었다. 누구보다 더 부지런하셨다. 새벽에 눈을 뜨자마자 일을 시작했고 잠들기 직전까지도 내내 일만 하였다. 마치 일을 하려고 태어난 사람들처럼. 하지만 야속하리만치, 세상은 고생에 대한 넉넉한 대가를 부모님에겐 허락하지 않았다. 머리 위에도 어깨 위에도 가난이라는 짐이 늘 얹혀 있어 삶을 고단하게 짓눌러댔다. 어린 내 눈에 가난은 벗어나지 못할 굴레처럼 보였다.

어느 날, 아버지를 몰래 뒤따른 적이 있었다. 매일 집을 비우는 아버지는 어디를 가는 걸까 늘 궁금하던 차였다. 집에 돌아오면 항상 피곤한 모습뿐인 아버지는 대체 어딜 가서 무엇을 하고 계시는 걸까, 아버지는 왜 항상 고단하시기만 할까. 늘 궁금했었다. 그 궁금증을 꼭 풀고 싶어 아버지를 쫓았다.

아버지는 우리 집과는 비교도 안 되게 크고 넓은 집으로 들어갔다. 좋은 기와를 얹은 지붕에 반듯한 기둥이 곳곳에 박혀 있는 집은 언뜻 보아도 우리 집과는 차이가 컸다. 넓은 거실 마루는 우리 집 전체를 합쳐놓은 것보다도 더 컸다. 창고에 가득한 쌀가마니를 들여다본 순간, 입이 떡 벌어졌다. 많은 쌀을 가득 쟁여놓고 사는 집이 있다는 게 신기할 따름이었다. 우리 집에서는 상상도 할 수 없는 일이었다.

아버지가 숨겨 놓은 집인가?

우리 몰래 아버지만 쌀밥을 실컷 드시는 걸까?

그런데 아버지는 그 집에 들어서자마자 일을 시작하였다. 무거운 짐을 나르는 일부터 온갖 일을 쉼 없이 이어갔다. 땀을 뻘뻘 흘리면서도 잠시도 쉬지 않았다. 그런데도 일은 끊이지 않았다. 나는 아버지를 내내 지켜보고 싶었지만, 들키면 혼이 날까 걱정이 되었다. 결국 조심스럽게 뒷걸음질해서 집으로 향했다.

돌아오는 내내 아버지의 모습을 떠올렸다. 여전히 아버지의 상황은 어린 내게 이해할 수 없는 일이었다. 고민하다 보니 어느새 우리 집 마당이었다. 부잣집을 보고 온 터라 우리 집이 얼마나 초라한지 알 수 있었다.

나는 어머니에게 물었다. 왜 아버지는 큰 집을 놔두고 이렇게 초라한 집에서 우리 가족을 살게 하는 거냐고. 우리 가족이 그 집으로 가서 살면 안 되는 거냐는 어리석은 질문도 하였다. 그리고 그때야 알게 되었다. 아버지가 일하는 부잣집의 그 어떤 물건도 우리 것이 아니라는 사실을. 아버지는 남의 집에서 머슴살이하고 있었고 그 삯으로 우리 가족이 겨우 살아가고 있다는 사실을. 그 집 마당의 돌멩이 하나도 우리가 가질 수 있는 게 아니었다. 창고에 가득 쌓아둔 쌀은 그림의 떡이었다. 실컷 쌀밥을 먹을 수 있게 되는 줄 알았는데, 허망한 꿈이라는 걸 깨달았다.

초근목피(草根木皮)와 나의 꿈

소위 '맛집'이라고 불리는 식당 앞에 길게 줄을 선 젊은이들을 보면 세상이 참 달라졌구나 싶다. 줄서서 몇 시간을 기다리고 난 후에 식당에 들어가서 맛있는 음식을 먹는 젊은이들을 보면 그렇게 행복해 보일 수가 없다. 배를 곯지 않기 위해 모여든 게 아니라 맛난 음식을 맛보려고 모여 있다니, 내 젊은 시절엔 상상조차 하지 못했던 일이다.

한참을 기다려 맛있는 음식을 먹는 젊은이들이 과연 초근목피에 대해 들어본 적이 있을까? 맛집 앞에 길게 줄을 서서 참을성 있게 기다리는 사람들을 보면 오래전 기억이 떠오른다.

맛이라니 웬걸, 그런 건 아무래도 상관없었다. 소태보다 더 짜고 청양고추보다 더 매워도 괜찮았다. 꺼진 배를 채울 수만 있다면, 고무보다 더 질겨도 좋았다. 씹을 수만 있으면 만족이었다. 독만 없다면 입속으로 밀어 넣고 씹었다. 털어내는 먼지조차도 아까웠다.

어린 시절, 텅 빈 배를 채우는 것만으로도 마냥 좋았다. 세상에서 가장 부러운 사람은 아침을 먹는 사람이었고 두 번째로 부러운 사람은 점심을 챙겨 먹는 사람이었으며 세 번째로 부러운 사람은 저녁을 차려 먹는 사람이었다.

초근목피(草根木皮)라는 표현은 풀 초 자에 뿌리 근 그리고 나무 목과 가죽 피를 묶어놓은 말이다. 즉 풀뿌리와 나무껍질을 뜻한다. 하지만 문자 그대로 풀과 나무를 지칭할 때 사용하지는 않는다.

여기서 풀뿌리와 나무껍질은 입에 넣기에는 부담 되는 험한 음식을 대표한다. 즉 먹을 것이 없다 보니 아무 거나 닥치는 대로 먹어야 하는 상황을 가리키는 데에 사용된다.

나와 내 가족이 그러했다. 걸핏하면 초근목피로 빈속을 채웠다. 그마저도 세상에 없었다면 우리 가족은 모두 굶어 죽었을지도 모른다. 전부는 아니어도 가족 중 누군가는 호적에서 사라졌을지도 모른다. 참혹한 가난이었다.

나무를 베어내 깎아놓으면 가운데에 얇은 막이 있다. 그걸 긁어다가 방망이로 북어 두드리듯 두들겨 부드럽게 만든다. 그 다음엔 잘게 썰어서 밥도 해 먹고 떡도 해 먹었다. 쌀은 언감생심, 보리라도 배불리 먹을 수 있었으면 좋았으련만 그마저도 없어서 손질해 놓은 나무껍질을 보리와 섞어 밥을 지어 먹었다.

풀뿌리와 나무껍질을 먹은 속이 좋을 리 없다. 소화가 안 되는 건 차라리 괜찮았다. 나무껍질이 변으로 나올 때가 문제였다. 거친 나무껍질이 항문을 막았다. 항문이 막혀버린 아이들이 울며 괴로워하면 어른들이 달라붙어 변을 파내주었다. 그러다 보면 결국 항문이 찢어지고 말았다. 그 고통을 무엇에 비유하면 좋을까? 정말 표현하기 힘든 고통이었다. 말 그대로 똥구멍이 찢어지게 가난했다.

어른들이 그런 표현을 쓰는 경우, 대체 무슨 의미인지 젊은 사람들이 궁금해할 때가 있다. 그 뜻은 방금 말한 그대로다. 지금이야 먹을 게 흔하니 무슨 뜻인지도 알 수 없게 되었지만, 실은 가슴 미어지게 아프고 저린 말이다. 어느 집이든 나무껍질 때문에 곤욕을 치르지 않은 사람이 없었다.

그런데 더 큰 문제는 이놈의 배는 어찌 된 건지, 몇 시간만 지나면 또 신호를 보내온다는 것이었다. 몸뚱이 중에 가장 반응이 빨리 오는 곳이 바로 배다. 몇 시간만 비우면 왜 이렇게 비명을 질러 대는지. 배를 채울 게 마땅치 않으니 뒤탈이 날 걸 빤히 알면서도 어쩔 수 없이 나무껍질을 벗겨내고 풀뿌리를 뽑아내어 또 입속으로 밀어 넣을 수밖에 없었다.

가난은 지긋지긋하게 달라붙어 도망갈 생각이 없어 보였다.

그저 눈에만 보이지 않을 뿐, 마치 호적에 같이 등재된 가족이라도 되는 양 좀처럼 옆을 떠나지 않았다.

조부모에서 우리 형제들까지 가난이 대를 잇고 있었다. 당장의 배고픔 앞에서는 비경도 아무 소용 없었다. 남원시 운봉읍 화수리 비전 마을, 구름을 친구 삼은 광활하고도 수려한 풍광 속에 가난한 우리 집이 콕 박혀 있었다.

하지만 나는 돈 없는 부모님을 원망하지 않았다. 대신 꿈을 꾸었다. 어머니는 내가 어떤 꿈을 품고 있다는 걸 눈치챘나 보았다. 한번은 어린 내게 이렇게 말했다.

"너는 커서 꼭 꿈을 이루려무나."

나는 성공한 사람이 되고 싶었다. 위대한 성과를 내는 사람이 되고 싶었다. 가난을 원망하진 않았다. 하지만 가진 게 부족할 경우 큰 꿈을 이루기 불편하다는 단순한 진실을 일찍부터 깨달았다. 그래서 돈을 벌고 싶었다. 성공을 위해서 돈을 벌고 싶었다. 그때나 지금이나 나는 가난을 부끄럽다고 생각하지 않는다. 흔히 하는 말처럼 불편한 게 많을 뿐이다. 수많은 불편이 싫었을 뿐, 가난을 탓할 생각은 그때도 지금도 없다.

커다란 부를 이루어도 손가락질만 당하는 사람이 있다. 부자는 아니어도 존경받는 사람도 있다. 나는 '돈만 가진 부자'는 되기 싫었다. 한 푼을 모으더라도 정직하게 모으고, 한 푼을 쓰더라도 보람되고 진실하게 쓰고 싶었다. 어렸을 때는 막연했지만, 서울로 올라와 인생을 살아내며 구체적으로 생각하게 되었다. 진짜 성공한 부자란 무엇인가.

가난으로 불편한 사람들을 돌봐주는 사람, 제 것만 챙기지 않는 아량 넓은 사람, 그런 사람이야말로 진짜 성공한 부자가 아닐까. 그러려면 거저 얻으려 하지 말고 뭐든 하나씩 몸으로 부딪혀 배워야만 했다. 어린 나이에도 그걸 깨달은 나는 겁도 없이 팔뚝보다 긴 낫을 손에 쥐었다.

낫과 송아지

어느 날 아버지가 낫을 들고 오더니 내 앞에 내려놓았다. 그러더니 손잡이의 맨 아래 끝 부분을 잡고서 낫을 잡아당기면 위험하다고 말씀하셨다. 그럼 어떻게 하느냐고 물었더니, 주먹 크기만큼 여유를 두고 낫을 잡으라고 했다. 그리고 난 후 왼손으로 풀을 잡은 다음 내 쪽으로 낫을 잡아당겨야 한다고 했다. 이게 꼴을 베는 방법이었다. 맨 끝을 잡고 잡아당기면 낫이 손아귀에서 빠지기 십상이라고 했다.

아버지는 욕심을 내지 말아야 한다고 했다. 왼손으로 꼴을 너무 많이 잡아채면 낫으로 전부를 벨 수도 없을뿐더러 자칫 모두 흐트러질 수 있다고 했다.

아버지는 어린 나의 손에 낫을 건넸다. 손잡이가 내 팔뚝보다도 더 길어 보였다. 낫의 서슬에 어린 기운이 나를 노려보는 것 같았다. 조심하라는 아버지의 말을 들어 그런지 탈 없이 낫을 쓸 수 있을지 걱정이었다.

"이제 직접 꼴을 베어라."

아버지는 이제 내가 소의 꼴을 직접 베어야 한다고 했다. 우리 집에는 소도 없고, 소 살 돈도 없는데, 소에게 먹일 꼴을 베어야 한다고? 비어 있던 외양간을 아버지가 돌아보시기에 무슨 일인가 싶던 차였다. 그런데 저녁이면 송아지가 우리 집으로 올 거란다.

송아지를 샀다는 말일까? 무슨 돈으로 우리 집에서 송아지를 샀다는 건지 알 수 없었다.

고개를 갸우뚱거리자 아버지가 먼저 말해주었다. 다른 집에서도 많이 하는 일이라고 했다. 우리 집만 하는 일이 아니라고 하니 더 궁금했다.

　이웃집도 우리 집처럼 가난하기는 매한가지인데 소를 키웠다. 어린 마음에도 그 집은 무슨 재주로 소를 산 건지 궁금했는데 그때 그 이유를 알게 되었다.

　돈이 있는 집에서 송아지를 사 오면 어느 정도 자랄 때까지 키워주는 일종의 협업, 요즘 말로 윈윈하는 방식이다. 말이 좋아 협업이다. 동네 부자는 송아지를 사기 위해 돈을 쓰기는 하지만, 기르는 수고를 하기는 싫었던 거다. 많은 돈을 불려 더 많은 돈을 갖고 싶지만, 일하기는 귀찮아했다. 시골 부자의 여유였다.

　그렇게 키우는 송아지를 배냇소라 불렀다. 배냇소를 구매한 몫을 제하고 얼마큼 비율로 나눠 갖는 식이라 이론상으로는 윈윈, 상생이 맞기는 하다.

　이웃집도 송아지를 살 돈이 없으니 늘 남의 소를 키워주고 있었다는 걸 그날에야 알게 되었다. 물론 애를 많이 쓰지만, 더 큰 몫은 소 주인의 차지였다. 언뜻 생각하면 억울한 일일 수 있지만, 소를 살 수 없는 형편에 억울하고 말고 할 게 어디 있었겠는가.

　아버지는 누군가 송아지를 맡겨주는 것만으로도 좋은 일이라

고 했다. 좋은 일인지는 모르겠지만, 나쁜 일 같지도 않았다. 싫은
일이라도 감수해야 한다는 걸 은연중에 받아들였던 것 같다.

겁내지 마세요

처음 낫을 들었을 땐 겁이 났다. 무사히 꼴을 잘 벨 수 있을지,
내가 벤 꼴을 송아지가 잘 먹기는 하려는지, 모든 게 걱정이었다.
하지만 계속 겁을 내고만 있을 순 없었다.

주먹 크기만큼 아래를 남겨두고 손잡이를 잡았다. 그러고는
왼쪽 손아귀로 풀을 얼마큼 움켜잡았다. 과한 욕심으로 풀을 잔뜩
잡아들이면 풀도 못 베고 다치기 십상이라고 했다. 그도 그럴 것
이, 한 번에 쓱 베이지 못하면 여러 번 낫을 당기게 되고 자칫 힘 조
절에 실패해 다칠 수도 있어서였다. 아버지 말대로 욕심은 멀찍이
버려두었다.

겁 따윈 진즉 버렸고 이제 욕심마저 버렸다고 마음을 다졌다.
그럼에도 막상 낫을 당기려니 심장이 떨렸다. 낫을 잡은 손도 파르
르 떨려왔다. 하지만 낫을 내려놓을 생각은 하지 않았다. 그러다

다시는 낫을 들지 못할 수도 있으니까.

그때 나는 뭐든 잘해야 한다고 생각했다. 어떤 일이든 제대로 해내지 못하면 성공한 사람이 될 수 없다고 여겼다. 남의 소를 키워주는 사람이 아니라 내 소를 키우고 싶었다. 그러려면 겁을 내선 안 되었다. 다치지 않기 위해 정신도 바짝 차려야만 했다.

이를 악물고 아버지 말을 따랐다. 세게 잡아당겼다가는 날카로운 날이 무릎을 찌를 수 있다. 적당히 힘을 주다 멈춰야만 꼴만 벨 수 있다고 했다. 낫질이 시작된 후 지레 겁을 먹어 질끈 눈을 감으면 정말 위험하다고 했다. 혹여 다치더라도 자기 잘못으로 그런 것이니 누구도 탓할 수 없는 게 낫질이라고 했다.

아버지 말만 따랐다. 작정하니 떨리던 손이 안정되었다. 손아귀에 힘을 주자 낫이 풀을 베더니 내 쪽으로 빠르게 들어왔다. 한껏 힘을 줬던 팔을 재빨리 멈췄다. 다행히 낫은 무릎까지 다가오지 않고 멈췄다. 얼마큼 힘을 주면 되는지 단번에 깨달았다. 아버지의 말을 허투루 듣지 않은 덕이었다. 낫은 금방 내 손에 익었다.

왼쪽 손아귀에 잡힌 풀포기를 들어 올렸다. 아버지가 베던 꼴에 비할 수는 없었지만, 처음 낫질치고는 나쁘지 않은 성과였다. 두세 번쯤 반복하면 아버지의 한 번과 맞먹으리라. 아버지가 하시는 만큼의 속도는 나지 않았지만, 어렵사리 양은 비슷하게 채울 수 있었다. 욕심을 부리지 않은 덕이었다. 다소 느리더라도 성실하고 꾸준히 하는 게 중요했다. 과한 욕심은 버려야 외려 성과가 난다는 걸 어린 나이에 꼴을 베며 나는 깨달았다.

'처음으로 꼴을 베었어. 생각만큼 무섭지도 않았고 어렵지도 않았어.' 낫을 다루는 방법, 아니 기술을 습득했다. 마술만큼이나 신기하고 특별한 일이었다. 아버지처럼 어른들만 가능한 일인 줄 알았는데 그게 아니었다.

겁먹지 않고, 욕심을 버리니 수월했다. 내가 꼴을 베는 만큼 아버지의 고생이 준다고 생각하니 별 거 아니었다. 송아지가 빨리 자랄수록 우리 집에서도 그만큼 빨리 돈을 벌 수 있다고 생각하니 힘이 들지 않았다. 다치지도 않았고 실수도 하지 않았다. 배운 대로만 하면 되는 일이었다.

날마다 낫을 들고 들판으로 나갔다. 학교에 가는 날엔 수업을 마치고 곧장 들판으로 나갔다. 학교에 가지 않는 날에는 내내 꼴을 베기도 했다.

내가 베어다 주는 꼴을 먹고 송아지는 무럭무럭 자랐다. 풀만 먹고도 잘 자라는 송아지가 부러웠다. 사람도 이렇게 풀만 먹고 잘 살 수 있다면 얼마나 좋을까 하는 생각까지 들었다.

우리 집 송아지는 아니었지만, 금세 정이 들었다. 하나라도 더 먹여주고 싶었다. 또 크게 잘 자라주어야 우리 집에서 받을 몫도 조금은 늘어날 테니 정성을 다하지 않을 수가 없었다.

돈 많은 부자는 이 수고를 전혀 하지 않고 거저 돈을 번다고 생각하니 살짝 약이 오르기도 했지만, 당장은 어쩔 수 없는 일이었다. 부자가 가져갈 몫은 생각하지 않으면 되었고 우리 집이 차지할 몫만 내 것이라고 여기면 되는 거였다.

내가 피식거리며 웃을 때마다 입에 가득 풀을 문 송아지가 맑은 눈으로 나를 쳐다보곤 했다. 그때마다 웃음이 터졌다.

안 하니 못하는 것일 뿐, 뭐든 하다 보면 능숙해지기 마련이다. 해보지도 않고 못 한다고 말하는 것처럼 게으른 태도도 없다. 대충 해보기만 하고 나와 잘 맞지 않는다며 곧장 포기하는 것 또한 한심한 마음가짐이다.

낫질도 마찬가지였다. 어느 순간부터 낫이 저절로 꼴을 베고 있었다. 익숙해지니 속도가 빨라졌다. 속도가 빨라지니 은근 재미까지 생겼다.

힘들다는 생각을 버리자 만족이 생겼다. 생각해 보니 낫질 하나로 얻는 게 참 많았다.

우선, 아버지를 도울 수 있어 좋았다. 어쩌다 오늘 꼴 많이 베어 잘했다는 칭찬도 들을 수 있어 좋았다. 송아지가 내 것은 아니어도 잘 자라주니 좋았다. 겨우 꼴을 베었을 뿐인데, 좋은 게 참 많았다. 내 몫이 적다 해서 결코 손해 보는 게 아니었다.

낫질로 얻은 건 싱싱한 풀만이 아니었다. 제아무리 힘든 일이 주어지더라도 해낼 자신을 얻었다. 뭐든 다 잘 할 수 있다는, 또 해낼 수 있다는 확신과 반드시 해내겠다는 다짐을 하게 되었다.

지금 생각해 보면 그 어린 나이에 무슨 다짐을 그토록 단단히 한 건지, 피식 웃음이 나곤 한다. 아마도 너무 어린 나이에 '가난을 배운 탓' 혹은 '가난을 배운 덕'이라고 생각한다. '탓'보다는 '덕'에 더 힘을 실어주고 싶다. 뭐든 '탓'하다 보면 잃는 게 많고 '덕'이라고 생각하면 얻는 게 훨씬 많다. 인생을 살아오며 수없이 경험한 것 중 하나다.

서울로 올라와 처음 마주하는 일에도 겁을 먹지 않고 덤벼들 수 있었던 건, 어린 나이에 겁 없이 낫을 들고 꼴을 베던 용기 덕이라고 생각한다.

나중에 누군가 "이거 해 본 적 없지?", "처음 하는 일이지?" 하고 물으면 나는 망설임 없이 답했다. 망설일 이유가 없었다.

"당장 해보면 되죠. 그럼 곧장 해본 일이 될 테니. 안 그래요?"

"처음 해보는 일이니 더 신중하게 할 수 있지 않겠어요?"

아예 도전하지 않거나, 도전에 망설이는 사람을 자주 만난다. 무엇이라도 해봐야 망하든 흥하든 한다. 아무것도 하지 않으면 아무 일도 일어나지 않는다는 말은 참으로 옳다. 무슨 일이든 한 번 망설이면 시작이 늦어지고, 두 번 망설이면 의욕이 반감된다. 그리고 세 번 망설이면, 결국 포기한다. 해보지도 않고 고민하느라 시간만 낭비하는 바보가 되는 거다.

도전을 망설이는 사람들에게 늘 주저치 않고 말한다.

"풀을 베고 싶다면 우선 낫을 드세요."

"낫을 들었다면 꼴을 벨 차례입니다. 망설일 것 없어요."

"겁내지 말고 낫을 당기세요."

일곱 살에 지게 지고 산을 오르다

내가 태어난 운봉읍 화수리에는 마을 사람들이 모두 자랑하는 역사가 있다. 바로 고려시대 왜구와의 전투 가운데 대표적인 승전 기록으로 꼽히는 황산대첩이다. 대한민국 사람 중에 황산대첩을 들어보지 않은 사람은 없을 것이다.

황산은 호랑골이라고도 불리던 산이다. 고려 말, 왜구는 우리 지역을 집중 공격하려고 작정하고 떼로 몰려왔다. 워낙 적군이 많았으니 자신만만했을 테다. 그들은 우리 지역을 초토화할 목적이었으나, 어림도 없었다.

당시 우리 지역으로 온 이성계 장군이 그들과 맞서 싸웠고 호랑골, 즉 황산 일대의 모든 왜구를 섬멸했다. 이 전투를 두고 황산대첩이라고 한다. 이성계 장군이 적장 아지발도(阿只拔都)를 활로 쏘아 무찔렀고, 적장이 흘린 피가 바위에 물들어 바위의 색이 붉게 변했다는 전설이 있다. 지금도 이 피바위는 황산대첩비 근처에 놓여 있다.

일본은 황산대첩에서 왜구가 완패한 걸 잊지 않고 있었다. 일제 감정기에 400년 동안이나 보존되었던 비석이 민족말살정책의 일환으로 파괴되는 아픔을 겪는다. 자기들이 침략해 와서 패배를 겪었으면서, 수백 년이 지나 그 복수를 하다니 정말 어이가 없다. 다행히 1957년에 황산대첩비가 복원되었다.

고향 사람들은 지금도 황산대첩의 역사를 매우 자랑스럽게 여긴다. 그건 나도 마찬가지다.

어려서 들었던 황산대첩은 배고픔조차 잊게 만드는 이야기였다. 그토록 멋진 이야기가 실화인 데다 내가 살고 있는 지역에서 벌어진 일이라는 게 마냥 뿌듯했다.

황산대첩은 어린 소년이었던 나로 하여금 많은 걸 상상하게 만들었다. 수많은 군이 말을 타고 달리는 웅장한 모습과 전쟁에서 승리하고 환호하는 모습까지, 백두대간 지리산자락이 그렇게 멋져 보일 수 없었다. 텔레비전도 없던 시대인데 마치 영화나 드라마를 떠올리듯 머릿속에 역사의 장면 장면이 그려지곤 했다.

전생에 나도 황산대첩의 장수 중 하나이지 않았을까 하는 상상을 한 적도 있다. 말을 타고 황산을 누비는 상상을 하면 없던 기백조차 생겼다. 그러한 기백으로 그 어린 나이에도 지게를 지고 깊은 산골짜기를 누볐다.

아버지는 당장 몸에 딱 맞게 멜빵을 만들지 않았다. 한참 성장을 할 때라서 그랬던 것 같다. 줄을 크게 만들어 매주곤 했다. 마치 지금의 안전벨트처럼 꽉 졸라매면 지게는 몸에 잘 맞는 도구가 되었다. 그렇게 지게의 안전벨트를 장착하고 나는 산으로 향했다. 지게와 나는 한 몸이 되었고 여러 해 산을 함께 오르내렸다.

하지만 처음부터 깊은 산골로 나무를 하러 다닌 건 아니었다. 처음엔 동네 주변의 산을 돌았다.

어느 곳이나 그렇듯, 우리 집이 가난하다고 해서 동네 사람 전부가 가난한 건 아니었다. 그래도 제법 사는 집이 있었다. 우리 집에서는 감자를 찌느라 굴뚝에 연기가 났지만, 밥 짓는 연기가 나는 집도 있기는 했다.

어느 날이었다. 종일 산에서 나무를 해왔는데 하필 동네의 큰 부잣집 산이었다. 알고 보니 눈에 보이는 웬만한 동네 산은 죄다 그 부잣집 소유였다. 그동안은 운 좋게 걸리지 않은 것이었다. 부잣집 아저씨는 자신의 산에서 나무를 베어오는 나를 보고는 고래고래 소리를 질렀다. 지금과 다르게 보일러가 없던 시대라 산에 있는 나무가 난방에 쓰이는 유일한 연료나 다름없었다. 나는 당황했고 어떻게 해야 할지 알 수 없었다. 우리 집에는 산이 따로 없어 늘 남의 산에서 나무를 하는 수밖에 없었던 거다.

"잘못했습니다. 다시는 안 그러겠습니다."

"당연히 해온 땔감은 모두 드리고 가겠습니다."

결국 아버지가 달려왔고 부잣집 아저씨 앞에서 빌고 또 빌었다. 잘못은 내가 했는데 비는 건 아버지 몫이었다. 속상했다. 그 부잣집엔 땔감도 많았는데 좀 나눠주면 어떤가 싶기도 했다. 하지만 그건 내 마음일 뿐이었다.

부잣집의 산에서 땔나무를 베어 오고 혼쭐이 났지만, 다른 수가 없었다. 석유 곤로도 한참 지난 후에야 시골집에서 사용하기 시작했다. 그때는 아궁이에 불을 지펴야만 하던 때라서 나무가 없이는 아무 것도 할 수가 없었다. 매일매일 땔나무를 베어 오지 않으면 안 되었다.

이웃집 아저씨에게 들킨 이후로는 먼 산으로 가곤 했다. 사람들의 발길이 드문 곳이라야 시선을 피할 수 있어서였다. 그래서 지리산 깊은 숲으로 향했다.

그래서 그때부터 호랑골로 들어갔다. 호랑골 깊은 골짜기는 실제 호랑이가 자주 나타난 곳이라고 한다. 호랑골 가까이 있는 내기마을에서는 호랑이를 안 본 사람이 없다고 할 정도였단다. 일제 감정기에 지리산 덕두봉에서 포수가 쏜 총에 맞아 죽은 호랑이가 지리산의 마지막 호랑이라고 기록되어 있다. 그만큼 깊은 산이다.

집에서 산 입구까지만 해도 몇 킬로미터를 가야 했지만, 별수가 없었다. 그곳까지 들어가 땔나무를 베서 짊어지고 내려오곤 했다.

해가 떠오르는 이른 아침에 집을 출발해 나무를 지고 산을 내려올 때면 벌써 해는 산 아래로 기울고 있었다. 나무를 하느라 하루를 다 보낸 거다. 내 나이 겨우 일곱 살, 처음 지게질을 시작한 나이다. 몸보다 큰 지게를 짊어지고 깊은 산으로 향했다. 이는 열 살이 넘도록 이어졌다. 다행이라면, 비록 우리 집 소유의 산은 없었지만, 백두대간 지리산 자락에 내가 베어 올 수 있는 나무는 많았다는 것이다.

지게를 지고 나무며 꼴만 베러 다니지 않았다. 판자를 이고 나르기도 했다. 호랑골에는 커다란 제재소도 있었다. 깊은 산속에서 나무를 베면 제재소에서 바로 판자로 켜냈다. 목재로 쓰기에 좋은 나무가 참 많았다. 문제는 그 많은 판자를 산 바깥으로 어떻게 나르냐였다. 깊은 산중이라 길도 닦여있지 않으니 일일이 차로 나를 수도 없었다. 그러니 사람들을 시켜 이고 나를 수밖에. 어머니는 열두 장 판자를 한 번에 이고 나르셨다. 묵직한 판자 더미를 머리에 얹고는 날라야 했다. 보는 것만으로도 내 뒷목이 다 묵직해졌다. 우리 어머니뿐만이 아니었다. 마을의 다른 아주머니들도 바지런히 판자를 머리에 얹고 아슬아슬 흔들흔들 숲 바깥으로 향했다. 어찌 무겁지 않았으랴. 다들 집에서 기다릴 식구들을 생각하며 무거움을 감수했을 터였다. 나는 그때 힘센 사람이 제일 부러웠다. 어머니들처럼 열두 장 판자만이 아니라 그 두 배를 가뿐히 나르고 싶었다. 동네에 그런 아저씨가 있었다. 힘이 장사라 지게를 두 개나 갖고 다니며 남들보다 두 배를 날랐다. 그러나 나는 남들보다 체구도 작고 나이도 어렸다. 열두 장은커녕 그 반밖에 짊어지지 못했다. 그것도 머리에 이지 못하고 지게로 날랐다. 그래도 열심히 몸을 움직였다. 어머니의 수고를 덜어드린다고 생각하면 무거운 판자가 원래보다 가볍게 느껴지기도 했다.

어느 날은 산에서 구른 적도 있다. 지게가 쓰러졌고 가득 올렸던 나무도 흐트러졌다. 무릎에서 피가 철철 흘렀다. 나뭇잎을 뜯어 무릎에 발랐지만, 소용없었다. 가끔 다칠 경우 손가락에 침을 발라 상처 부위에 바르면 끝이었다. 그런데 이상했다. 그날따라 가슴이 터질 것처럼 쓰렸다. 나를 일으켜 세워주는 사람은 없었다. 나는 어렵사리 지게를 일으켜 세웠다.

나무를 하다 보면 추운 겨울에도 땀이 날 정도로 몸이 데워지곤 했는데 그 순간만큼은 온몸에 소름이 돋도록 찬바람이 매섭게 느껴졌다. 하지만 산 중턱에 내내 머물러 있을 수는 없으니 정신을 차려야 했다. 지게에 나무를 올리고 단단히 동여맸다. 그 순간 나의 마음도 단단히 동여맸다. 다시 지게 끈을 우직하게 잡고 비탈길을 내려왔다.

정말로 희한한 일이었다. 지게끈도 마음도 단단히 동여매니 아무렇지 않아졌다. 지게도 마음도 흔들리지 않았다. 무릎의 상처쯤은 하나도 안 아팠다.

어쩌면 그때 나는 또다시 황산대첩을 떠올렸는지도 모른다. 전쟁터의 어떤 장수가 잠시 넘어졌다 해서 싸움을 포기하겠는가. 분연히 일어나 칼을 치켜들고 더 힘차게 전진했을 테지. 지게를 다시 짊어지고 산기슭을 내려오던 순간, 나는 승리한 장수가 되어 있었다.

작은 고통에도 뭐든 쉽게 포기하려는 사람을 보곤 한다. 뭐든 포기가 빠른 사람이 적지 않다. 그러다 보면 자신은 안 된다는 생각에 사로잡혀 의욕도 잃는다. 의욕을 잃으니 새로운 꿈은 꿀 수가 없다. 꿈이 없는 사람이 되는 거다.

꿈을 잃은 사람이 된다는 게 얼마나 슬픈 일인지. 세상에서 가장 불행하게 사는 사람은 바로 꿈이 없이 사는 사람이다.

종종 고향에 대해 자랑도 할 겸, 황산대첩에 대해 들려주곤 한다. "생각해 보세요. 겨우 상처 따위로 어느 군이 후퇴하겠습니까."

더불어 이런 이야기도 들려준다. "지금의 고통은 전투 중에 생긴 작은 상처일 뿐입니다. 승리의 함성을 외치다 보면 상처는 훈장이 됩니다."

도시락을 훔쳐 먹던 날

학교에 들어간 후로도 여전히 뭐든 부족했다.

그때는 책도 지금처럼 흔하지 않아서 선배들이 쓰던 걸 물려받곤 했다. 좋은 책가방은 생각도 하지 못했다. 구멍이 뚫렸든 안 뚫렸든 보자기에 책을 감싸면 그게 가방이었다.

여자애들은 허리에 가로로 보자기 가방을 메고 다녔고 남자애들은 총자루처럼 어깨와 허리를 가로질러 보자기 가방을 메고 다녔다. 바꿔 걸칠 만큼 보자기가 넉넉지 않았으니 아이들의 보자기 책가방은 꼬질꼬질했다. 몇 군데 헐고 구멍이 난 것쯤은 다들 아무렇지 않았다. 내 보자기 가방도 마찬가지였다. 형제들이 쓰고 또 쓰던 걸 다시 사용했으니 당연했다. 좋은 연필도 좋은 공책도 없었다. 종이도 참으로 귀하던 시절이다. 어디선가 구해온 쓰다 남은 공책에 몽당연필로 쓰곤 했다. 그마저도 넉넉지 않았다. 누가 좋은 연필 한 자루라도 갖고 오면 모두가 부러워했다. 나는 부러움의 대상이 된 적이 한 번도 없었다.

2학년 때였다. 나 혼자 교실 당번을 하게 되었더랬다. 마침 체육 시간이 되었고 아이들은 모두 밖으로 나갔다. 홀로 교실을 지키는데, 도시락도 없이 학교에 온 나는 그날 역시 너무도 배가 고팠다.

어디 그날뿐이었을까만, 아마도 혼자 있어 더욱 그랬던 것 같다. 친구들의 도시락 냄새가 코를 자극했다. 냄새에 못 이겨 결국 친구의 도시락을 밖으로 꺼냈다.

잠깐이라도 고민을 했으면 괜찮았을지 모른다. 그런데 학교까지 수 킬로미터를 굶주리고 걸어온 터라 배가 너무 고팠다. 결국 허기에 못 이겨 친구의 도시락을 먹어 치웠다.

알고는 있었다. 남의 물건에 손을 대면 안 된다는 것을. 그건 엄연한 도둑질이었다. 그런데 다른 건 다 참아도 배고픔은 정말 참기 힘들었다. 맨발에 헤진 고무신도 상관없었고 구멍 뚫린 광목 바지도 괜찮았다. 그러나 배고픈 건 괜찮지 않았다. 결국 배고픔에 굴복하고 친구의 도시락 뚜껑을 열고야 말았다. 들키면 안 된다는 생각보다 빈속을 빨리 밥으로 채워야겠다는 생각만 가득했다.

한입만 먹고 제자리에 둬야지 생각했는데, 한 숟갈을 입에 넣는 순간 어림없는 다짐이라는 걸 깨달았다. 두세 숟갈 입에 넣고 나서는 이번엔 진짜 도시락 뚜껑을 닫고 원래 자리로 가져다 놓겠다고 작정했다. 하지만 숟가락질을 멈출 수 없었다. 도시락은 금세 텅 비어버렸다. 후회가 몰려왔지만, 배는 서글프리만큼 든든했다. 차라리 꼴을 베어다 먹이는 송아지가 부러웠다. 아무것도 안 해도 알아서 먹을 걸 갖다 바치니 녀석은 얼마나 좋을까 싶었다.

친구의 텅 빈 도시락을 내려다보는데 그제야 덜컥 겁이 났다. 마침 수업을 마치는 종이 울렸다. 교실로 들어오는 친구들의 발소리가 마치 적군이 쳐들어오는 소리처럼 들려왔다.

예상은 빗나가지 않았다. 친구는 도시락을 누가 꺼내 먹었다며 분통을 터트렸다. 선생님도 누가 도시락을 훔쳐 먹은 거냐고 야단이었다.

범인은 달리 찾을 필요도 없었다. 모든 아이들의 시선이 내게로 쏠렸다. 선생님이 성큼 다가와 손을 들었다.

결국 담임선생님께 뺨을 맞아야만 했다. 지금이라면 교사가 학생을 때렸다고 난리가 날 일이지만, 그때는 아이들이 잘못하면 선생님에게 매를 맞곤 했다. 그 시절엔 다 그랬다.

남의 도시락을 꺼내 먹었으니 분명 도둑질을 한 게 맞다. 그랬으니 크게 혼이 나고 매를 맞는 건 당연했다. 마땅한 처분을 받은 것뿐이었다. 억울해할 일이 아니었다. 가난하다는 핑계도 적절치 않았다. 가난하다고, 돈이 없다고 남의 도시락을 무작정 훔쳐 먹어도 되는 건 아니니까. 정당함은 그럴 때 쓰라고 만들어진 말이 아니다. 안다. 거기서 '가난'을 핑계 삼는 건 옳지 않다. 나는 실수한 게 아니었다. 그냥 잘못한 거다. 매로 죗값을 치른 것뿐이다.

선생님에게 매를 맞고 오면서 생각했다.

'혼자 있는데 밥 냄새가 어찌나 좋은지.'

'그냥 도시락이 무척 맛있어 보였을 뿐.'

'아마 누구라도 허기를 참지 못하고 먹어치웠을 거야.'

그러나 곧 생각을 고쳐먹었다.

'하지만 나는 분명 어리석었고 크게 잘못했다.'

어느 순간부터 나는 무엇이든 긍정적으로 받아들이기 시작했다. 힘들다고 투정한들 상황이 바뀌지 않으리란 걸 알아서였다. 돈이 없다고 우리 가족이 종일 우는 것도 아니었다. 배가 고프다고 서로 싸우기만 하는 것도 아니었다. 긍정은 나중에도 두고두고 나를 버티게 해주는 원동력이 되어 주었다.

집으로 돌아와서는 아무 일도 없던 것처럼 낫을 들고 다시 들판으로 나갔다. 꼴을 베고 남의 집에서 사다 준 송아지에게 먹였다. 나는 그럴 수 없었지만, 송아지라도 배불리 먹이고 싶었다. 녀석도 굶으면 나만큼이나 서럽겠지 싶었다. 해가 질 무렵까지 열심히 꼴을 베어 날랐다. 송아지는 내 마음을 알아차린 건지 여느 때보다 더 맛있게 꼴을 먹었다. 송아지가 꼴을 먹는 걸 보니 피식 웃음이 났다. 친구 도시락을 몰래 꺼내 먹던 순간, 나도 같은 표정이었을까 싶어서였다. 송아지와 잠깐 눈이 마주쳤다. 말똥한 그 눈을 보니 웃음이 터졌다. 뺨 맞은 얼굴은 아직도 얼얼했다.

새삼스레 미안함도 들었다. 나 때문에 도시락을 못 먹은 친구에 대한 죄책감이었다. 나 때문에 그 아이는 한 끼를 굶어야만 했다. 내게 한 끼가 소중한 만큼 그 아이에게도 소중했으리라. 나는 그날 실수하지 않았다. 정말 큰 잘못을 했다.

어쨌든 수시로 굶었고 남의 도시락을 몰래 훔쳐 먹을 정도로 곤궁했으니, 학교를 온전히 다니지 못하는 건 당연했다. 걸핏하면 결석이었다. 어느 주에는 학교에 못 간 날이 더 많기도 했다. 내 자리뿐만 아니라 곳곳에 아이들 자리가 비어 있곤 했다. 농번기가 되면 더 그랬다. 때로는 비어있는 자리가 채워진 자리보다 더 많을 때도 있었다. 나보다 더 많이 자리를 비우는 친구도 있었다. 결석을 번갈아 하다 보니 한 달에 몇 번 밖에 못 보는 친구도 있었다. 우리만 힘들게 사는 게 아니라는 동질감이 가난을 견디는 서글픈 동력 중 하나였는지도 모른다.

2장.
서울로 가야 한다

❝ 중요한 건 나의 다짐과 용기였다.

나 자신만이 나를 지켜낼 수 있다는 당연한 진리를

나는 새삼 되새겼다. ❞

서울로 가야 한다

그렇게 짧은 학교생활이 끝나 버렸다.

당시엔 초등학교조차 가지 못한 사람도 많던 시절이었다. 가까스로 초등학교만 졸업하고 부모님과 함께 농사를 짓는 사람도 적지 않았다. 하지만 그마저도 부모님이 어느 정도는 논밭을 갖고 계신 경우였다.

더러는 중학교로 진학해 학업에 온전히 매진하는 경우도 있었다. 당시엔 중학교만 나왔다고 해도 사무직에 취직이 가능했고, 고등학교를 나왔다고 하면 다들 우러러볼 정도였다. 그 정도로 교육을 제대로 받은 사람이 드물었다.

나도 별수 없었다. 중학교라니, 어림없는 소리였다. 여전히 꼴을 베어 날라 남의 집에서 맡겨 놓은 송아지에게 풀을 먹이는 게 내가 해야 할 일이었다. 그렇게 어제나 오늘이나 별반 다를 게 없는 일상이 이어졌다. 삼 년 전에도 오 년 전에도 우리 집의 형편은 같았다. 마치 다람쥐 쳇바퀴를 돌 듯 같은 날이 반복되었다.

수년이 지나도록 변하는 건 없었다. 아버지는 여전히 남의 집 머슴을 살았고 어머니는 불철주야 일에 매달렸지만, 집안 형편은 좀처럼 나아지지 않았다. 들판의 이름 모를 들풀은 어쩌다 꽃이라도 피워 냈지만, 우리 집에서는 꽃이 피기는커녕 아무 향기도 나지 않았다. 꽃이 피지 않으니 맺힐 열매도 없었다. 아침에 해가 뜨면 새로운 날이 되었다 했고 저녁에 해가 지면 날이 저문다 했다. 보름이면 달이 크고 아닌 날은 달이 없거나 작다 했을 뿐, 하늘도 땅도 매사 그대로였다.

이대로 있으면 안 되었다. 터널 속을 한없이 달려왔지만, 가도 가도 터널 밖으로 나가는 출구가 나오지 않는 상황이라고 체념할 수는 없었다. 뭔가 뾰족한 수를 내야 했다.

그래도 학교라도 다녔으니 친구들에게 들은 이야기가 있다. 바로 서울 이야기다. 서울은 엄청난 상상을 안겨주는 판타지였다. 실로 한 편의 동화였고, 나는 그 동화 속 주인공이 될 수 있었다.

서울이라는 동네는 크기가 어마어마하다고 했다. 사람도 많고 집도 많고 우리 마을 사람들이 상상도 못 할 정도로 큰 건물이 많단다. 서울에는 할 일도 많단다. 제아무리 열심히 꼴을 베어 남의 송아지를 애지중지 키워준들 성공하는 삶을 사는 건 어려웠다. 제아무리 애써서 지게에 땔나무를 실어 날라도 역시 성공과는 거리가 멀다는 걸 깨달았다. 단순하게 부자가 될 수 있는가 없는가의 문제가 아니었다.

결국 나는 서울로 가야 한다고 판단했다. 그러려면 방법을 알아야 했다. 다행히 서울 가는 방법을 아는 친구에게 도움을 받을 수 있었다.

일단 기차를 타야만 서울로 갈 수 있단다. 기차 역시 말로만 들었지 본 적이 없었다. 하지만 서울에 가겠다고 작정한 이상 기차를 타야만 했다.

눈물을 삼키고 봇짐을 꾸리다

어느 늦은 밤, 부모님 몰래 짐을 꾸렸다. 챙길 게 뭐 있었겠느냐마는 그래도 서울이라는 동네를 처음 가는데 보따리 하나쯤은 챙겨야지 싶었다. 가족 모두 깊이 잠든 새벽, 몰래 짐을 꾸렸다. 책가방 삼았던 낡은 보자기에 옷가지 몇 개를 담아 들고 집을 나섰다.

동이 트기 전 집을 나서야만 했다. 그래야 서울에 일찍 도착할 수 있다고 했다. 몇 시간을 넘게 한참 기차를 타고 달려야 겨우 서울에 갈 수 있다고 했다.

처음엔 발걸음이 떨어지지 않았다. 마당에 서서 집을 돌아보았다. 아버지는 큰 집을 짓고 너른 방에서 가족을 살게 하고 싶었을 테지, 함께 모여 반찬 가득한 밥상을 차려 놓고 서로 많이 먹으라며 권하는 식사 시간을 소망했을 테지, 그런데 그런 날이 아버지 삶에 찾아오지 않았으니 얼마나 답답하고 속이 상했을까. 눈물이 솟구쳤으나, 입술을 깨물며 눈물을 속으로 삼켰다.

아직 울면 안 된다. 언젠가는 펑펑 울더라도 당장은 아니었다. 순간, 부모님의 숨소리가 내 발목을 붙잡았다. 고단한 부모님의 숨소리가 가지 말라며 만류하는 것만 같았다. 그래서 더더욱 멈출 수 없었다. 만약 부모님이 깬다면 분명 붙잡으리라, 지금 무슨 짓을 하는 거냐며 야단치리라. 나는 서둘러 집을 나섰다.

이대로 머문다면 내가 꿈꾸는 삶은 가질 수 없게 될 터였다. 아버지가 할아버지에게 가난을 물려받았듯 나 역시 가난을 유산으로 물려받게 된다면 성공한 삶을 살고 싶다는 꿈을 이루는 건 불가능에 가까웠다. 이제 도전할 때가 되었다고 생각한 것이다. 그러나 아직은 내 나이가 고작 열네 살이었다.

묻고 물어 기차 타는 방법을 알아둔 지는 제법 되었다. 기차표가 서울 가는데 얼마쯤 든다는 것도 알고 있었다. 하지만 표를 살 돈은 없었다. 그러니 서울에 갈 방법이 묘연했는데, 누군가 기차표를 사지 않고서도 무작정 타고 가면 된다고 했다. 이른바 '도둑차'를 타면 된다고 했다. 말 그대로 무임승차를 하는 방법이었다.

잘못이라는 걸 알았다. 그러나 달리 방법은 없었다. 서울은 반드시 가야 했지만, 방법이 없었던 것이다. 일단 기차에 오르기만 한다면, 어떻게든 되겠지 싶었다.

태어나 처음으로 기차역에 가보았다. 우습게도 기차역에도 한 번 가보지 못한 채로 서울로 가겠다고 작정한 것이다. 모험심이 컸던 건지 그저 겁이 없던 건지 지금의 나로서도 알 수 없다. 다행히 큰 어려움 없이 기차역까지 갈 수 있었다.

서울로 가는 기차를 타려면 조금 기다려야 했다. 반대편 방향의 기차가 먼저 도착했다. 듣던 것보다 기차는 훨씬 컸다. 기차가 이렇게 크다면 서울이라는 동네는 대체 얼마나 크다는 걸까. 겁이 났지만, 기대도 그만큼 커졌다. 무작정 떠나는 길이니 막막했고 고생이 불 보듯 빤한데도 포기할 수는 없었다. 어차피 시골에 묻혀 살아도 고생은 마찬가지였다. 기왕 할 고생이라면 큰 동네에서 해야겠다고 생각한 것이다.

팔보다 더 긴 낫을 들고 풀을 베어 송아지를 키우던 나였다. 일곱 살에 이미 지게를 짊어지고 험한 산비탈을 오르내린 나였다. 그러니 그깟 서울이 무슨 대수냐 싶었다. 겁날 건 없었다. 잘못되어 봤자 죽기밖에 더하겠는가.

어서 서울에 가고 싶었다. 어차피 가진 게 한 푼도 없는데 여기나 거기나 힘든 것은 매한가지일 테고 무슨 일을 하더라도 서울이 백배는 낫겠지.

얼마 안 있어 서울로 가는 기차가 도착했다. 돈 한 푼 없이 집을 나와 놓고는 겁도 없이 기차에 올랐다.

많은 사람이 기차에 올라 자리에 앉거나 서 있었다. 우리 부모님은 기차를 타 본 적이 있나 싶었다. 아버지와 나이가 비슷해 보이는 사람을 마주하고 놀랐다. 너무도 깔끔한 차림으로 기차에 앉아 있었다. 내내 시골에 갇힌 채로 살아온 부모님이 생각났다. 부모님 몰래 집을 나온 건 후회가 되었지만, 외려 부모님을 생각하니 더욱 돌아가선 안 되겠단 생각이 들었다. 돌아가면 몇 배나 더 후회할 것 같았다.

하지만 기차가 출발하던 순간에는 덜컥 겁이 났다. 계획은 거창했지만, 그때 내 나이 겨우 열네 살이었다. 겁이 나지 않았다면 거짓말이다.

기차표를 사지 않고 탑승한 게 들키면 몇 배를 물어내야 한다고 했다. 상상만 해도 끔찍했다.

일단 오르는 데까지는 성공했지만, 무임승차를 들키면 큰일이었다. 서울에 도착하기도 전에 난데없는 곳에 내려놓기도 한다고 했다. 서울의 반도 못가 엉뚱한 곳에 내리게 되면 큰일이었다.

기차 안에서의 숨바꼭질

오른 기차는 완행이라서 급행이 지나가면 멈춰 서기를 반복했다. 마음이 불안해졌다. 멈추는 역마다 표를 검사했기 때문이었다.

이미 들어 알고 있는 내용이었는데도 기차표를 검표하는 사람을 보자 심장이 빠르게 뛰었다.

어쩌나 하다가 의자 밑으로 숨어버렸다. 누가 보든 말든 눈치를 볼 때가 아니었다. 어떻게 해서라도 서울에 반드시 가야 한다는 생각밖엔 없었다. 나는 마치 종이를 구기듯 몸을 웅크려 의자 아래쪽으로 숨었다. 하지만 다음 역에서 같은 상황을 마주했다. 이번에도 의자 밑으로 숨었는데, 내 처지를 눈치챈 건지 어떤 아주머니가 치마로 몸을 가려주었다. 그러나 이건 검표원들도 잘 아는 방법이었다. 나만 몰래 기차를 타는 게 아니라는 생각만으로 위안을 삼을 상황은 아니었다.

표를 끊지 않고 기차에 오른 사람들이 눈에 들어오기 시작했다. 사방으로 눈을 굴리며 눈치를 보는 사람은 도둑차를 타고 있는 사람들이었다. 몰래 기차를 타는 사람들이 생각보다 많아 놀랐다. 그래서 검표를 하는 사람이 있는가보다 싶었다.

나처럼 도둑차를 탄 사람들은 뒤로 또 뒤로 물러났다. 도망치며 보니 누가 온전히 기차표를 갖고 기차에 오른 사람인지, 혹은 나처럼 도둑차를 탄 사람인지 구별되었다. 순간 내 표정도 도망치는 사람들과 같겠구나 생각하니 얼굴이 화끈거렸다. 하지만 다른 방도가 없었다. 어디로든 일단 도망치는 게 방법이었다.

달리는 기차, 한정된 공간, 표도 없이 기차에 몰래 오른 어린 소년. 영화의 한 장면 같기도 하다. 어떤 말로도 표현할 수 없는 긴박한 상황이었다. 검표원은 더 가까워졌고 뒤로 도망갈수록 몸을 숨길 공간은 줄어들고 있었다.

기차에는 사방이 막혀 몸을 숨기기 딱 좋아 보이는 화장실도 있었다. 하지만 그 생각을 한 사람이 나뿐이랴. 화장실은 도둑차를 타는 사람들이 워낙 자주 숨는 곳이었다. 그래서 절대 도피처가 될 수 없었다. 빠르게 눈을 굴려 몸을 숨길 다른 곳을 찾아야만 했다. 그러다 위기를 피할 적절한 장소를 찾아냈다. 열차의 객차와 객차 사이, 차량을 연결한 곳에 있는 사다리였다.

지금의 기차는 운행 중에 문도 안 열리고 통로에도 열린 틈이 없지만, 당시의 기차는 달랐다. 그래서 가끔 기차에서 떨어지는 일이 일어났는데, 크게 다치거나 사망하는 사고도 일어나곤 했다.

급박한 상황에 놓인 사람에게는 가장 위험한 곳이 오히려 가장 안전한 장소가 될 수도 있다는 걸 그때 배웠다. 위험한 곳은 검표원들 역시 다가가기를 꺼려 잘 접근하지 않는 곳이었다. 그곳을 발견하게 된 건 참으로 다행이었다. 어려서부터 지게를 짊어지고 산등성이를 오른 내게 객차 바깥의 위험한 외벽을 타고 오르는 건 일도 아니었다.

기차에 몰래 올라 탄 누구라도 생각 정도는 했을 수 있지만, 겁이 나서 실행하기는 어려웠을 것이다. 그러나 나는 차량 바깥에 붙은 철 기둥을 붙잡고 올랐다. 가장 위험천만한 곳에 몸을 숨겼다. 기둥을 잡은 손이 기차의 속도에 못 견디고 바르르 떨려왔지만, 이를 악물었다. 처음 낫을 잡았을 때도 그만큼은 아니었다. 만약 손아귀에서 힘이 빠진다면 당장 달리는 기차에서 추락하게 될 테고 크게 다치거나 죽게 될 것이다. 물론 서울로 가다가 기차에서 떨어져 허망하게 죽고 싶지는 않았다.

어떻게 떠난 길인데, 얼마나 작정에 작정을 거듭하고 가는 길인데…. 하지만 들키면 모든 게 끝장이었다. 다음에 돈 많이 벌면 기찻삯은 반드시 갚을 테니 들키지만 않게 해달라고 누군지도 모르는 존재에게 간절하게 기도했다. 기차에 속도가 붙자 온몸이 부들부들 떨려왔다. 나는 이를 더욱 악물고 손에 힘을 줬다. 모든 기운이 빠져나가는 것 같았다.

황당한 기도라도 진심으로 드려서 누군가 들어준 걸까. 그곳에 매달려 몸을 숨겨서 매우 위험했지만, 들킬 위험은 가까스로 넘길 수 있었다. 결국 서울에 가게 될 운명이었는지 중간에 들켜 강제로 내리는 수모를 겪지는 않을 수 있었다.

많은 역을 지나치자 더는 기차표를 검사하지 않았다. 기차가 경기도 쪽으로 들어서자 빈자리도 생겨났다. 재빨리 자리를 차지하고 앉아 처음으로 창밖을 쳐다보았다. 서울에 다다르면 검표원도 더는 오지 않는다는 말도 진짜였다. 미리 서울에 오는 방법을 자세하게 알아둔 건 정말 다행이었다.

눈을 뜨니 서울역

긴장이 풀린 탓일까. 피곤이 몰려왔다. 온몸에 힘이 빠지고 노곤해졌다.

방문이 열리고 마당을 나서는 나를 아버지와 어머니가 동시에 불렀다. 그 목소리가 너무 컸다. 돌아보니 어디를 가느냐며 어머니가 울먹이고 있었다.

긴 숨을 내쉬며 눈을 떠보니 기차 안이었다. 슬프고 아련한 꿈이었다. 집을 나서 몰래 기차에 오르고 기차표 검사원들을 피해 숨바꼭질을 하던 순간이 빠르게 스쳐 갔다. 새벽의 어두움을 헤쳐 나와 오른 기차였다. 차표도 없이 몰래 오른 상태였으니 긴장할 수밖에 없었다. 하지만 밀려오는 고단함을 못 이겨 깜빡 잠이 들었나 보았다. 고향은 어느새 머나먼 별나라의 이야기가 되어 있었다. 정신이 번쩍 났다.

서울에 가기 전 누군가 내게 노량진에서 내리라고 일렀다. 서울역에 내리면 이상한 사람도 많이 만나게 되고, 자칫 도망갈 곳을 못 찾을 수도 있다고 했다.

도착역을 알리는 소리가 들려왔다. 자리에서 일어나 사방으로 눈을 굴렸다. 기차는 이미 서울역에 도착한 상태였다.

입이 바짝 마르고 긴장이 되었다. 노량진에서 내리지 못했으니 어쩌나 싶은 생각에 당황했다. 하지만 그렇다고 되돌아갈 수도 없었다. 하나하나 계획표를 세우고 올라온 것도 아니지 않은가. 서울에 오겠다고 작정했던 순간부터 모든 것을 운명에 맡기지 않았던가. 노량진에서 내렸더라도 아무것도 모르기는 마찬가지였을 터였다.

기차에서 사람들이 내리기 시작했다. 다시 긴 숨을 뱉어 보았다. 입김이 새어 나오는 걸 보니 살아 있는 게 확실했다.

창밖을 쳐다보았다. 낯선 도시, 서울이 나를 기다리고 있었다.

일단 기차에서 내려 서울이라는 곳에 발을 내디뎠다. 그러나 표가 없어서 담벼락 아래로 기어 염천교 쪽으로 나왔다.

지금이야 서울에서 부산을 하루에도 몇 번 오갈 수 있지만, 교통 수단이 아직 미비했던 그때로서는 상상도 할 수 없었다. 서울이라는 낯선 동네에 발을 들이던 순간, 고향은 마치 다른 나라처럼 느껴졌고 그만큼 멀어져 있었다. 서울로 오는 길이 이토록 험했으니, 고생이 아까워서라도 절대로 그냥 돌아갈 수 없었다.

이제 겨우 열네 살이었으니, 아직 신분증이 나오려고 해도 몇 년을 더 기다려야 했던 때다. 이 모든 일이 그저 무모했기에 가능했는지도 모른다. 그렇게 나는 서울이라는 낯선 동네에 첫발을 디뎠다. 그제야 긴장이 풀려 배가 고파왔다. 종일 아무것도 먹은 게 없었다. 하지만 배고픈 와중에도 나는 넋을 놓고 서울역을 밝힌 번쩍거리는 전깃불을 바라보았다.

마침내 서울에 도착하다

그때의 서울은 지금의 모습과 몹시도 달랐다. 전쟁의 아픔을 겪고 난 후라 더 그랬다. 그야말로 격동의 시대였고 말 그대로 한 강변의 기적이 시작되던 때다.

십 년이면 강산도 변한다고 하지 않던가. 내가 기차에서 내린 이후, 서울은 몇 번이나 새로이 탈바꿈했다. 내가 나고 자란 고향 마을은 더디게 변했지만, 제 2의 고향 서울은 빠른 속도로 달라졌다.

그 시절의 서울은 곳곳에 많은 건물이 올라가고 있었다. 더욱이 천구백육십 년대 초반에 이르러 아파트가 들어서기 시작했고 서울은 유례없이 폭발적인 성장을 시작했다. 한참 대도시화가 이뤄지던 참에 내가 서울로 향한 것이다.

물론 지금의 서울과 그때의 서울은 많은 차이가 있다. 그렇더라도 내가 막 떠나온 고향 마을과 비교할 수 있을까. 그때의 고향과 서울의 차이는 하늘과 땅 정도 되었다.

예부터 사람은 서울로 보내고 말은 제주로 보내라 했다. 그나마 지금은 많은 게 바뀌었다지만, 여전히 서울 중심의 사고방식으로 돌아가는 중이다. 뭔가를 해내기 위해선 무조건 서울로 가야 한다고 생각하는 사람들이 아직도 차고 넘치지 않는가. 큰 꿈을 이루기 위해 가방 하나만 챙겨 서울로 향한다는 젊은이들의 이야기를 지금도 자주 듣는다.

처음으로 발을 내디딘 서울은 내게 별천지나 다름없었다. 서울역에 내리자마자 눈이 휘둥그레졌고 입이 떡 벌어졌다. 하지만 감탄만 하고 있기엔 서울이란 곳은 참으로 가혹했다. 지금 시대에는 상상도 하지 못할 만큼 혹독한 공간이었다.

많은 건물이 지어지고 집도 많고 사람도 넘쳤으나, 내가 지낼 곳도 없고 나를 반기는 사람도 없었다. 서울로 가야 한다고, 그래야만 꿈을 이룰 수 있다고 수없이 다짐하며 기차에까지 올랐다. 하지만 막상 서울에 도착하자 나는 섬에 홀로 남겨진 존재에 불과했다. 서울이라는 망망대해에 떠 있는 기분이었다. 돈도 한 푼 없었고 서울에 대해 아는 것도 없었다. 그나마 아는 거라고는 시골에서 주워들은 게 전부였다. 하지만 말로 들은 것과 눈으로 보는 것은, 생각보다도 훨씬 차이가 컸다.

그럼에도 나는 당황하지 않았다. 빈손으로 서울역에 섰지만, 지나는 사람들을 꼼꼼히 살펴보았다. 처음 보는 풍경 속의 사람들은 셀 수 없을 정도로 많이 오갔다. 이 많은 사람이 대체 무슨 일을 해서 먹고 사는 걸까. 나는 궁금해졌고 다시 한번 더 결심을 다졌다. 나는 반드시 성공할 것이다. 가진 것 없는 무일푼에다가 나이도 아직 십 대 중반에 불과했다. 하지만 서울이라는 큰 바다 위에서 인생이라는 파도에 몸을 맡겨보기로, 당시 내 눈에는 어마어마하게 커 보였던 서울역 앞에서 그런 굳은 결심을 했다.

'내 꿈은 단순히 부자가 되는 것이 아니다.'

'존경받는 성공한 사람이 되는 것이다.'

'언제가 될지 알 수 없지만, 반드시 꿈을 이루고 말 것이다.'

기차의 쇠기둥을 붙잡고 이를 악물 수 있었던 것도 내내 그 다짐을 되뇐 덕이리라. 질끈 눈을 감았다. 서울이라는 망망대해의 거친 파도 소리가 점점 잦아들었다.

주먹에 힘이 들어갔다. 무엇이든 나쁜 건 좋게 만들면 되고 더 나쁜 건 더 좋게 만들면 된다고 생각했다. 어린 시절부터 나를 지탱해 온 긍정의 힘이 내게 용기를 주었다.

이젠 기댈 수 있던 부모님도, 아옹다옹하던 여섯 남매도 내 곁에 없었다. 눈을 감고도 돌아다닐 만큼 익숙한 동네도 없고 다정한 이웃도 없었다. 중요한 건 나의 다짐과 용기였다. 나 자신만이 나를 지켜낼 수 있다는 당연한 진리를 나는 서울역에서 새삼 되새겼다.

서울역 앞에서 나는 사람들이 죄다 흩어질 때까지 한참을 서 있었다. 스치는 사람들을 하염없이 지켜보다가 길바닥에 궁둥이를 붙이고 앉았다. 그제야 묵직한 피로를 온몸으로 느낄 수 있었다. 길고 긴 하루였다. 불현듯 고향의 부모님 얼굴을 떠올렸다. 아침에 눈을 떠보니 내내 곁에 있던 아들이 보이지 않아 얼마나 당황하셨을까.

부모님을 생각하니 긴 한숨이 터져 나왔다. 죄송한 마음에 가슴이 아팠다. 내가 사라진 걸 알고 고향에서는 난리가 났을 터였다. 그러나 결국은 아들이 자력으로 떠났다는 걸 인정할 수밖에 없었으리라.

부모님도 내가 목표한 곳이 서울이라는 것쯤은 눈치를 챘을 것이다. 그렇게 생각하자 우습게도 안심이 되었다. 아들이 어디로 갔는지를 짐작하셨을 테고, 또 내가 어디 있든, 어떤 상황에 처하든 잘 견뎌내는 아이라는 것도 잘 알고 있을 테니 말이다.

갈 데는 없었지만, 바지를 털며 몸을 일으켰다. 아는 곳은 없어도 발길이 닿는 대로 걸음을 옮겼다. 어차피 어디가 어딘지 알 수 없으니 무작정 걸었다. 서울은 드넓었다. 어린 내 눈에는 끝 간 데 없이 넓어 보였다. 하지만 그만큼 내가 발을 내디딜 수 있는 공간도 넓고, 나의 가능성 또한 넓다는 의미이기도 했다.

며칠을 노숙하며 제대로 먹는 것도 없이 일을 찾아 떠돌았다. 구인 쪽지를 붙여 놓은 가게들이 있으면 무작정 들어가 일을 하겠다고 말했다.

하지만 가게 주인들은 나를 반기지 않았다. 땅딸막한 데다 까까머리를 한 나를 보며 대뜸 몇 살이냐고 물었다. 그때가 열네 살이었으니 한참 성장기였다. 여전히 키가 자라는 중이었다. 애써 어른 흉내를 내 보았지만, 어린 말투는 숨기기 어려웠고 앳된 얼굴 또한 어떻게 할 수가 없었다. 가게 주인들은 나이를 물은 다음엔 내게 어떤 기술이 있는지 물었다. 기술? 그런 게 있을 리 없었다. 할 줄 아는 기술이 없다고 솔직히 말하면 아무것도 모르는 어린 놈이라고 문전박대를 당하기 일쑤였다. 어떤 눈치 빠른 사장들은, 혹시라도 집 나온 거라면 얼른 돌아가라고 하기도 했다. 어느 가게에서는 집 나오면 개고생이라는 말도 못 들어봤냐고 호통을 치기도 했다.

허탈하게 가게를 나올 때마다 온몸에 힘이 빠졌다. 서울에 올라오며 다짐했던 것들이 와르르 무너지는 순간도 있었다. 기차 바깥에 매달리던 용감무쌍한 소년의 모습은 어디로 간 건지 보이지 않을 때도 많았다. 서울은 그냥 허황한 꿈이었던 것일까. 일자리를 찾아 정처 없이 헤매는 시간이 점점 더 늘어났고 마음은 갈수록 초조해졌다.

생활도 여의치 않았다. 거지와 다름없는 생활이 이어졌다. 잠 잘 데를 마련하지 못해 서울역 대합실과 세브란스 병원의 화장실 같은 곳에서 쪽잠을 자야 했다. 먹을 게 없어 쓰레기통을 뒤져야 했다. 간혹 무라도 발견하면 다행이었다. 그러나 그렇게 발견한 무도 속은 썩어있기 일쑤였다. 비록 가난할지언정 부모님이 밤낮으로 일해 마련해주는 감자나 푸성귀라도 있는 고향이 그리웠다.

당시엔 서울역 앞에 지금과 같은 지하도도 없었다. 대합실이나 병원 화장실에서 잠자리를 마련하지 못하면 남의 집 처마 밑에라도 들어가 잠을 청할 수밖에 없었다. 칠흑같이 어두운 밤에는 그나마 괜찮았다. 하지만 둥근 달이 뜨고 주위가 달빛으로 환해지면 견딜 수 없게 고향이 그리워졌다. 고향의 산천과 집이 생각났다. 당장이라도 내려가 부모님을 뵙고 싶어졌다. 소리 없이 운 적도 한두 번이 아니었다. 닭똥 같은 눈물을 소매로 훔치며 차가운 바닥에 몸을 눕혔다. 차라리 달 없는 밤을 기다릴 정도로 나의 첫 서울 생활은 비참하고 서글펐다.

구두닦이의 시작

그렇게 한참을 떠돌아다녀야만 했다.

계속 서울을 누비다 마침내 구두를 닦는 형과 인연이 닿게 되었다. 한참 전부터 한 곳에서 오래도록 구두 닦는 일을 해왔다고 했다. 내가 어디서 왔고 뭘 하고 싶은 건지 묻지도 않았다. 딱 봐도 다 안다는 표정이었다.

그 이전에도 구두닦이들을 본 적이 있는데, 길거리 한구석에서 구두를 닦는데도 제 구역이 따로 정해져 있었다. 함부로 끼어들었다가는 자리싸움이 나기 일쑤라고 했다. 자기 산에서 나무를 해왔다고 야단을 치던 부잣집 주인의 얼굴이 떠올랐다. 어떤 구실로든 제 구역을 뺏기기 싫은 건 시골이나 서울이나 마찬가지였다. 그 형도 마찬가지였다. 자신의 구역이니 누구도 침범하지 못하도록 철통방어를 취하고 있었다. 구두 닦는 기술을 쉬이 가르쳐 주려고 하지도 않았다. 자신도 기술을 익히는데 오래 걸렸다며 으름장을 놓았다. 내가 손님들의 구두를 직접 닦아 돈을 벌기가 어렵겠다는 건 어린 나이에도 금방 알 수 있었다.

돈을 버는 건 둘째 치고라도 일단 끼니는 해결하고 싶었다. 먹고 남은 음식이라도 얻어먹을 요량으로 구두를 닦는 형에게 매일 찾아갔다. 그러다 보니 어느 날부터인가 내게 일을 권했다. 이른바 '찍새' 역할이었다. 여기저기서 구두를 모아 와 구두닦이에게 전해 주는 사람을 '찍새'라 부르고, 구두를 닦는 사람은 '딱새'라고 불렀다.

근처 병원이나 다방에 들러 손님들 구두를 갖고 오라고 했다. 당시엔 손님 스스로 구두닦이를 찾아오지 않았다. '찍새'를 통해 이른바 배달 서비스를 받는 일이 더 많았다. 한 번도 해 본 일이 아니라서 망설여졌지만, 내게는 일이 필요했다. 망설임은 이내 접을 수밖에 없었다.

처음엔 입이 안 떨어졌다. 구두를 닦아 주겠다고 하는 말이 영 나오지 않았다. 사람들의 시선에 지레 겁을 먹었다. 창피하기도 했다. 마치 모두가 내 사정을 알고 있는 것처럼 여겨졌다. 하지만 그 정도로 기죽을 내가 아니었다. 구두라도 날라야 형이 뭐라도 챙겨 주고 간단한 요기라도 얻어먹을 수 있었다. 용기를 내어 목청을 가다듬었다. "구두 닦아요. 깨끗하게 닦아다 드리겠습니다." "구두 주시면 닦아다 드리겠습니다."

몇 번 하다 보니 말이 입에 익었다. 목소리도 점점 커졌다. 뭐든 하다 보면 금세 익숙해지고 대수롭지 않게 되었다. 굶주림 앞에서 자존심이 무슨 대수냐 싶었다. 창피함을 던지고 매일 같이 목소리를 드높여 호객했다.

그렇게 수시로 병원과 다방을 들락거렸다.

3장.
험난한 서울 적응

❝ 못다 펼친 꿈을 이뤄내고 싶었다. **❞**

내 생에 첫 번째 직장

어느 날, 낯선 아저씨가 다가와 고향이 어디냐고 물었다.

"전라도 남원입니다."

"그럼 나이는?"

솔직하게 나이를 말했더니 놀라는 표정이었다. 생각보다 너무 어려 그런 모양이었다. 한두 살쯤 속여 말할 걸 하고 후회했다. 왜 서울에 왔냐고 물어 일자리 찾아 온 거라고 답했다. 돈이 없다느니 먹을 게 없어 걸핏하면 굶는다느니 하는 구구절절한 말 따위는 필요 없었다. 아저씨는 내 꼴을 보고 곧장 고개를 끄덕였다. 말하지 않아도 내 사정이 훤히 보였을 것이다.

아저씨는 내게 일단 따라오라며, 계속 이렇게 살 거냐고 물었다.

하지만 나는 고개를 저었다. 구두닦이를 하는 형들이 마음에 걸려 선뜻 따라갈 수 없었다. 게다가 당시엔 모르는 사람을 잘못 따라가서 매를 맞거나 돌아오지 못하게 되는 사람들에 대한 소문도 파다했다. 나는 한참을 우물쭈물하다가 입을 열었다. 구두닦이 하는 형들에게 혼이 날지도 모른다고. 그랬더니 아저씨가 나를 무작정 택시에 태웠다. 멱살을 잡고 가는 건 아니니 최소한 납치는 아니라고 생각했다. 지금 같아서는 어림도 없는 일이었지만, 그땐 그런 일들이 비일비재했다. 험한 꼴을 당하지 않은 게 천만다행이다. 지금도 가슴을 쓸어 내린다.

나는 그때 택시라는 것을 처음 타 보았다. 쾌적한 차내에 몸을 내맡기니 참으로 아늑했다. 게다가 손님이 요청한 대로 택시는 원하는 곳까지 무탈하게 데려다주기까지 했다.

평소에 보지 못했던 서울의 광경을 택시를 타고 가는 동안 볼 수 있었다. 그렇게 얼마쯤 달려가서 택시가 멈췄다. 멀리 떠나가는 택시를 보니 아쉬운 마음이 들었다. 택시를 타고 하루 종일 서울 시내를 돌아보며 실컷 구경하고 싶었다. 하지만 아쉬움을 접고 아저씨를 따라갔다. 아저씨는 충무로 아테네 극장 근처의 어느 골목으로 나를 데리고 갔다.

그렇게 찾아간 곳은 양복점이었다. 반듯한 양복이 가게 안에 가득 걸려 있었다.

서울에서 지내다 보니 양복점이란 곳을 자주 지나다니긴 했다. 하지만 직접 들어가 본 적은 없었다. 사실 시골 고향마을에서는 양복 입은 사람을 본 적이 거의 없었다. 그랬던 내가 번쩍거리는 쇼윈도우 안으로 들어가 수많은 양복이 걸려 있는 걸 보게 된 것이었다. 나는 한참이나 벌린 입을 다물지 못했다.

나를 그곳에 데려간 아저씨도 깔끔한 차림이었다. 내가 입고 있던 누더기와는 정반대였다. 순간 그 아저씨가 은인처럼 여겨졌다.

정말 내게 기적이라는 게 일어나게 되었던 걸까? 이제 제대로 된 직장을 갖게 된 걸까? 잔뜩 기대했지만, 동시에 걱정도 되었다. 눈 뜨고도 코 베이는 곳이 서울이라 했다. 사람을 잘못 만나면 허송세월할 수도 있다는 충고를 듣기도 했었다.

내가 한 걱정은 괜한 게 아니었다. 코는 베어가지 않았지만, 월급을 제대로 받지 못했다. 일을 시작하기 전에 먼저 물었어야 했다. 일을 시키면 돈을 주는 게 맞냐고. 일에 대한 대가가 정확히 지불되지 않는다면 나는 그 무엇도 할 수 없고 해서도 안 된다고 말했어야만 했다. 하지만 그땐 나이가 너무 어렸다. 세상도 모르고 사람도 너무 몰랐다. 간판이라도 걸린 가게에서 일하는 사람들은 지붕도 없는 곳에서 구두를 닦는 형들과는 분명 다르리라 생각했다. 그 안에서 일하는 사람들은 모두들 충분한 대가를 받고 일하고 있는 줄 알았다. 하지만 길거리에서 구두를 닦는 사람과 번듯하게 가게를 차리고 일하는 사람이 같을 리 없다고 판단한 게 오산이었다는 걸 뒤늦게 깨달았다.

지금은 일을 시키고 돈을 안 주면 큰일이 나는 세상이다. 사장 소리 듣는 사람이 직원을 자기 멋대로 대할 수 없다. 설혹 그렇지 않더라도 직원을 함부로 대해서는 절대 안 될 일이다. 하지만 그때는 끼니를 해결해 주는 대신 일한 몫을 주지 않아도 된다고 여기는 못된 사람들이 많았다. 황당한 억지가 통하던 시절이었다.

점심을 먹으라는 말은 오전에 일한 몫을 준다는 의미였다. 저녁을 먹으라는 말은 오후에 일한 대가를 준다는 의미였다. 주는 사람도 받는 사람도 어느 순간 정당한 대가로 여긴 것이다. 아마 끼니 해결 없이 돈을 주었더라도 겨우 밥을 사 먹을 정도로만 줬을 테니, 업주 입장에서는 소위 '이거나, 저거나'로 여긴 것이다. 이건 밥을 주는 대신 일한 대가는 아예 안 주겠다는 심보였다. 그만큼 당시에는 배곯는 사람이 많았다는 의미이기도 하다.

지금으로선 상상할 수도 없는 일이지만, 그때는 서울이 그랬다. 힘 있는 사람이 세운 원칙은 거의 법에 가까울 지경이었으니까. 그래도 좋으면 일을 하고 아니면 하지 말고, 그런 식이었다.

여하간 그렇게 해서 나는 양복점에서 일하게 되었다. 하지만 양복에 대한 기술을 처음부터 배울 수 있는 상황은 안 되었다. 그저 청소하기나 불 피우기 등 허드렛일만 나에게 주어졌다.

겉보기와 달리 양복점에서 이런 일도 해야 하는구나 싶었지만, 불만을 가질 처지가 아니었다. 군말 없이 일을 해낸 건 끼니를 때울 수 있어서였다.

가장 좋았던 건 큰 공기 가득 밥을 준다는 사실이었다. 밥을 먹고 나면 한 그릇 더 먹을 테냐고 물었지만, 사양하며 배가 부르다고 말했다. 은근히 눈치를 봤던 것이다. 돌이라도 삼킬 나이에 공깃밥 한 그릇으로 속이 찰 리가 없었는데도 말이다.

언젠가는 양이 차지 않아 몇 그릇을 더 먹었더니 그렇게 잘 먹으면서 왜 늘 한 그릇만 먹은 거냐고 물었다. 그때 우물쭈물하며 했던 말이 지금도 잊히지 않는다. "그렇게 밥 먹으면 …… 쫓아내실까 싶어서요."

그건 진심이었다. 겨우 밥을 챙겨 먹을 곳을 찾았는데, 쫓겨날 수는 없었다. 그때는 끼니를 거르지 않는 게 매일의 가장 큰 숙제였다. 게다가 잠자리도 해결할 수 있었다. 나는 매일 밤 양복점 안의 다리미판 위에서 잠을 청했다. 서울역 앞에서 노숙을 하던 때와 비하면 호화롭기까지 한 잠자리였다. 먹고 자는 문제가 제일 절실했던 때에, 양복점에서는 그 문제가 해결되었다.

처음에는 쫓겨나지 않고 머물 수만 있어도 다행이라는 생각을 했다. 물론 나의 소원처럼 밖으로 쫓아내지 않고, 안에서 재워주었다. 월급 한 푼 없이 밥만 주면 잘 버텨 주니 업주 입장에서는 손해 날 것 없는 장사였다.

조금씩 머리가 굵어지며 나도 세상 이치를 점점 깨닫게 되었다. 일을 하면 정확한 대가를 받아야 했다. 실상은 어쩌다 돈을 주더라도 아무것도 할 수 없는 정도의 아주 적은 돈이 전부였다. 한 달 내내 일하고 받는 돈이 겨우 하루 일한 몫이나 다름없이 적었다. 그때는 그런 방식으로 운영되는 곳이 워낙 많긴 했으나 계속 돈을 받지 않고 일할 수는 없는 노릇이었다. 그러나 당장은 입이 떨어지지 않았다. 주변의 철공소나 작은 가게에서도 월급이라는 걸 받지 않고 일하는 사람이 한둘이 아니었다.

참고 참다 어느 날인가는 양복점 사장에게 월급 이야기를 꺼냈다. 그런데 되려 크게 혼을 내지 뭔가. 먹여주고 재워주기도 하는데 무슨 말이냐는 식이었다. 해준 걸 아니라고 할 수는 없으니 나는 정말 할 말이 없는 건가 싶은 생각이 들었다. 울며 겨자 먹기로 억지 논리에 또 넘어간 것이다.

이게 어른들이 말하던 갑과 을의 상황인가보다 싶은 생각이 들었다. 갑과 을의 왜곡된 의미를 일찌감치 터득해 버렸다. 나이도 어렸고 해결할 방법도 몰랐다. 그렇다고 딱히 갈 곳도 없었다.

지금이야 사시사철 입는 게 양복이라지만, 그때는 특별한 날에나 양복을 입었다. 더운 여름엔 정장을 입는 사람이 훨씬 더 드물었다. 내가 일하던 양복점은 애초에 그리 규모가 크지도 않았을뿐더러, 여름엔 그마저 일이 많지 않으니 내가 할 일은 더욱 없었다.

한껏 기대했던 나의 첫 직장은 실망의 경험으로 이어졌다. 가게 안에서 내가 할 수 있는 일은 점점 줄어들었다. 전에는 그나마 눈칫밥이라도 먹을 수 있었다. 하지만 일거리가 없으니 그마저도 점점 먹기 어려운 상황이 되었다.

서울살이의 첫 시간은 생각했던 것과는 전혀 다르게 흘러갔다. 만만치 않은 날들이 계속 이어졌다. 시골에서 꼴을 베고 송아지를 키우던 때보다 어쩌면 더 불행했는지도 모른다. 그래도 양복점에서 일 년 넘게 일하며 버틴 덕인지, 알게 모르게 옷 만드는 나름의 기술을 터득하기는 했다. 바느질에 익숙해졌고 재봉을 이용해 바지를 만드는 걸 얼마큼은 해낼 수가 있었다. 하지만 내 가게를 가진 것도 아니고 게다가 완벽하지도 않은 재봉 기술만으로 수입을 얻는다는 건 쉬운 일이 아니었다. 더욱이 여름이 닥쳐오며 하던 일도 손을 멈춰야 하는 상황이었으니 나는 이도 저도 할 수 없는 신세가 되고 말았다.

여전히 배고픈 서울 생활

결국 고민 끝에 다른 가게로 옮겨 일하게 되었다. 하지만 두 번째로 일하게 된 곳도 마찬가지였다. 그곳에서도 역시 제대로 된 월급을 받을 수 없었다. 더욱 아쉬웠던 점은 이전 가게만큼 밥도 제대로 주지 않는다는 사실이었다.

어쩌다 받은 돈도 몇 원, 혹은 몇십 원이 전부였다. 일 원이나 오 원, 어쩌다가 오십 원, 난데없이 큰돈을 받더라도 백 원이나 백 몇 원이 전부였다. 그 돈으로 할 수 있는 게 거의 없다는 걸 알면서도, 내 손으로 번 돈이라 기뻤다.

당시 중부시장에 가면 찐빵을 솥단지에 한가득 올려놓고 팔았다. 그리 비싼 건 아니었지만, 나로서는 실컷 먹을 형편이 안 되었다. 시골에서는 먹어보지 못한 찐빵이 왜 그리 맛나던지 한 입 베어 물면 단맛이 입안에 맴돌았다. 그 맛을 놓치기 싫어 한참을 굴려 먹곤 했다. 하지만 늘 궁한 탓에 비싸지 않은 찐빵조차도 마음껏 사 먹을 수는 없었다. 그래서 어쩌다가 찐빵을 사 먹을 일이 생기면, 빵 한입을 먹고 이어 물을 잔뜩 마시곤 했다.

빈대떡에 얽힌 서러운 기억도 있다. 두 번째로 일하게 된 양복점에서 나는 곧잘 심부름하러 다녔다. 양복점 사장과 도안사는 하루의 일이 끝나면 막걸리와 빈대떡을 사 오라고 시켰다. 기름에 지글지글 부친 빈대떡의 냄새가 어쩌나 고소하던지. 나는 행여나 심부름값으로 두어 점이라도 얻어먹을 수 있을까 싶어 목을 빼고 기다리며, 내심 기대했다. 하지만 인색한 사장과 도안사는 단 한 점도 주지 않았다. 그들은 깨끗이 비운 빈대떡 그릇을 치우는 일을 내게 시켰고, 내가 할 수 있는 일은 남은 빈대떡의 기름 자국을 혀로 핥는 것이었다. 지금도 그 빈대떡의 고소한 냄새가 잊히질 않는다.

가끔 사 먹는 죽도 있었다. 일명 꿀꿀이죽이라고 부르는 것이었다. 그 재료는 당시 미군 부대에서 식사 후에 버린 찌꺼기들이었다. 그렇게 버려지는 음식들을 한데 모아 끓였다. 그걸 죽이라고 이름을 붙여 팔았다. 지금이라면 아무도 먹지 않을 쓰레기였지만, 늘 굶주리던 그 시절엔 이마저도 없어서 못 먹었다.

언젠가 젊은 사람에게 꿀꿀이죽에 대해 이야기를 해주었더니 한껏 얼굴을 찡그렸다. 세상에 그런 죽이 어디 있느냐며 믿지 못하는 표정이었다. 그도 그럴 것이, 이제는 누가 죽에 대해 입을 열면 모두 맛난 음식을 연상한다. 전국 곳곳에 체인점까지 두고 있는 죽전문점 입구에 붙은 포스터의 사진들처럼 맛있는 죽을 떠올리는 거다. 꿀꿀이죽이 그런 맛있는 음식이었다면 내가 평생을 두고 이야기할 리가 있겠는가. 만약 지금 누가 꿀꿀이죽을 판다면, 그는 식품위생법에 걸려 곧장 경찰서로 끌려갈 것이다.

죽을 먹다 보면 안에서 이쑤시개가 나오기도 했다. 먹는 음식에서 어떻게 그런 이물질이 나올 수 있을까 싶겠지만, 군인들이 먹고 남은 음식을 모아 끓인 죽이니 그럴 수밖에 없었다. 어차피 버리는 음식이니 아무거나 함께 넣어 버렸던 거다. 어쩌다 국물이 텁텁해서 들여다 보면 담배꽁초가 들어 있는 경우까지 있었다. 당시의 상황을 이야기하면 인상을 찌푸리는 것을 넘어서 절대 믿을 수 없다는 표정을 짓는 사람도 여럿 보았다. 풍족한 지금 세상에서는 꿀꿀이죽을 감히 음식이라고 부르지도 않을 것이다. 그러나 그 시절엔 그런 걸 돈까지 주고 사 먹어야만 했다. 그마저도 여유가 더 있었으면 몇 그릇이라도 사 먹었으리라. 그러나 당시엔 그럴 여유조차 없었다. 사실 내겐 꿀꿀이죽조차 사치였다.

굶주림이 변명은 되지 않겠지만, 그때는 이런 짓도 했다. 오십 원을 들고 가서 십 원짜리 꿀꿀이 죽을 먼저 한 그릇 시켜 먹는 거였다. 연거푸 몇 그릇을 먹고 나서는 맨 나중에 값을 치렀다. 그러다 보면 꿀꿀이 죽을 파는 사람도 바빠서 정신이 없는 나머지 계산을 제대로 못 하기 일쑤였다. 내가 네 그릇을 먹고도 두 그릇밖에 안 먹었다고 하면 그 말을 믿고 잔돈을 거슬러주었다. 아마도 꿀꿀이 죽을 파는 사람의 형편도 나와 크게 다르진 않았으리라. 그걸 생각하면 지금도 가슴이 아프다. 하지만 그렇게라도 해서 먹지 않으면 목숨을 부지할 수 없을 정도로 상태가 좋지 않았다.

지금 와서 생각해 보면, 꿀꿀이 죽은 절대로 사람이 먹을 만한 음식이 아니다. 그러나 배가 고프면 먹지 못할 게 없다. 시골에서 초근목피를 경험했지 않던가. 풀뿌리도 뽑아먹고, 나무껍질도 벗겨 먹은 때가 그리 오래되지 않았다.

굶주려 뱃가죽과 등가죽이 서로 맞붙는 걸 경험치 못한 사람들은 배고픔의 고통을 모른다. 배고픔이 극한의 경지에 다다르면 눈앞에 있는 먹거리가 몸에 좋은지 나쁜지는 아무 상관도 없게 된다.

좌절로 끝난 첫 장사 시도

점점 날이 더워졌다. 두 번째로 일하게 된 가게에도 역시나 손님이 눈에 띄게 줄었다. 내가 할 수 있는 일도 덩달아 줄었다. 그러니 그나마 받던 푼돈조차 달라고 손 내밀기 민망했다.

일이 없는 날에는 밖으로 나섰다. 먹고 살 궁리를 해야만 했다. 동네를 돌아다니다 보니 '냉차' 파는 사람들이 자주 눈에 띄었다. 누군가 다 먹고 난 다음 잔에 조금 남은 냉차를 맛보게 해 준 적이 있는데, 달콤하고 시원한 게 그때까지 먹어보지 못한 맛이었다.

뭘 해야 좋을지 몰라 방황하고 있던 차에 마침 누군가가 '냉차 장사'를 권했다. 장사라는 걸 해 본 적이 없으니 어쩌나 했지만, 생각해 보니 내가 해본 게 과연 몇 가지나 된다고 고민 따위를 하나 싶었다.

냉차는 둥그런 컵에 시원한 음료를 따라주고 십 원씩 받는 장사였다. 가게가 없어도 할 수 있는 장사였다. 게다가 여름은 냉차의 성수기라고도 할 수 있었다.

요즘 젊은이들이 커피를 들고 마시며 걷는 것과 비슷하게 그때는 젊은 사람들이 아이스아메리카노가 아니라 냉차를 들고 거리를 다녔다. 더욱이 그때는 차를 타고 다니는 사람보다 걸어 다니는 사람이 더 많았다.

걸어 다니는 사람이 많다 보니 길에서 장사를 하는 사람도 많았다. 그러다보니 길거리에서 온갖 걸 다 팔곤 했다. 말 그대로 길에는 없는 게 없었다.

그때 방산시장에는 썩기 직전의 내다 버린 수박이 지천이었다. 그걸 깨끗이 물에 씻어 얼음과 함께 섞어 팔았다. 사람들은 그걸 냉차라고 불렀다. 지금처럼 제대로 된 믹서에 갈아 파는 게 아니었다. 엉성하기 짝이 없었는데도 그저 시원한 맛에 사람들은 돈을 주고 사 먹었다.

지금으로 보자면, 좋게 말해 수박 주스라 할 수 있겠다. 물론 지금 그렇게 장사하면 큰일 날 테지만, 그때는 지금처럼 맛난 아이스크림이나 주스가 흔하던 시절이 아니다 보니, 몸에 좋지 않은 걸 알면서도 사람들이 사 먹곤 했다. 그저 시원하다는 이유로 무작정 사람들이 먹었던 거다.

꾸역꾸역 아껴 모았던 돈으로 냉차통을 샀다. 이백팔십 원이었다. 웃긴 얘기지만, 나의 전 재산을 투자한 셈이었다. 냉차통은 샀고 수박은 어찌어찌 공수해 오면 된다. 이제 얼음과 당원만 넣을 차례였다. 돈을 벌 수 있다는 생각에 괜히 마음까지 떨려왔다.

하지만 얼음과 당원을 넣을 돈이 없었다. 고민 끝에 일하는 곳의 사장에게 달려갔다. 일은 시켰지만, 임금은 제대로 주지 않았으니 그쯤은 도와주리라고 기대했다. 하지만 그건 나의 순진한 바람이었을 뿐이었다.

일단 하려는 일에 대해 설명하고 냉차통을 샀다고 말했다. 한 컵을 팔면 십 원을 받으니 일단 팔아서 이득이 남으면 갚겠다고 부탁했지만, 일언지하에 거절당했다. 그도 계산으로는 분명 틀리지 않는다는 걸 모를 리 없었다. 하지만 야속하게도 무작정 고개만 저어댔다.

도리 없이 이백팔십 원에 주고 산 냉차통을 팔았던 사람에게로 다시 갖고 갔다. 불과 몇 시간 전에 구입한 거니 산 금액 그대로 반환해 달라고 말했지만, 소용없었다. 어찌 되었든 남의 손을 거쳤으니 이십 원을 깎아 되사주겠다고 말했다. 그도 장사꾼이니 뭐라고 따질 수는 없었다.

울분이 터졌지만, 받아들여야만 하는 상황이었다. 원치 않는 손해를 보고 냉차통을 되팔 수밖에 없었다. 몇 시간 만에 이십 원을 손해 보았다. 냉차통을 사고파느라 돌아다닌 품이며 시간을 생각하면 그저 이십 원만 손해를 본 것도 아닌 셈이었다.

결국 시도조차 못 해본 채로 장사를 포기해야만 했다. 그때 알았다. 세상은 잔인하고 매몰찬 곳이었다. 세상에 사는 사람들도 자신들이 발 딛고 사는 세상과 성정이 다를 바가 없었다. 인정 없는 사람들이 세상엔 너무도 많았다. 언젠가 성공한 사람이 된다면 나는 절대로 그런 사람이 되지 않겠노라 다짐했다. 누군가 손을 내민다면 나는 그 손을 기꺼이 잡아 주리라, 절대 외면치 않으리라. 그런 마음으로 살다 보니 나는 살면서 여러 은인을 만날 수 있었다. 무작정 세상을 미워하지 않은 덕분이다.

냉차 장사에서 손해를 보고 나니 마음이 너무 허탈했다. 하지만 마냥 후회만 하고 있을 수는 없었다. 그런다고 손해 본 돈을 만회할 수 있는 건 아니니까. 후회할 시간에 다른 일을 알아보는 게 더 나았다. 나는 부지런히 할 일을 알아보고 또 알아보았다.

오랜만에 가게 된 고향

서울에 올라온 지 몇 년 만에야 고향에 갈 수 있게 되었다. 그런데 사실 내가 고향에 가게 된 이유는 양복점 주인의 거짓말 때문이었다. 제대로 된 월급을 주지 않고 차일피일 미루기만 하던 주인이 어느 날 내게 이렇게 말했다. 남원의 광한루 옆에 가면 커다란 쌀집이 있는데 거기에 돈을 빌려주었다고, 내가 그 돈을 받아오면 내 몫의 월급을 제대로 챙겨주겠다고 했다. 그래서 생각지도 못하게 고향에 내려가게 된 것이었다.

집으로 가는 내내 긴장했는데, 생각보다 부모님은 놀라지 않으셨다. 아마도 이때쯤이면 한번 오겠지 싶었던 모양이었다. 아니면 기다림에 지쳐 오랜만에 보는 아들을 보고도 놀라지 않았는지도 모르겠다.

부모님은 크게 나를 야단치지 않았고, 딱히 뭘 따지듯 물어보지도 않았다. 고생을 많이 한 게 뻔히 보였을 테다. 그래도 건강에는 지장이 없어 보이니 천만다행이라고 여기신 듯했다.

"내 꿈은 단순히 부자가 되는 게 아닙니다. 사람들에게 존경받는 성공한 삶을 사는 것입니다."라고 말하고 싶었다. 하지만 초라한 행색을 하고 부모님 앞에 나타났으니 무작정 그 말을 꺼내 놓을 수 없었다. 그저 속으로 언젠가 반드시 그런 날이 올 거라고 되뇌었을 뿐이었다.

오랜만에 내려간 고향에서 논둑과 밭둑을 걸어보았다. 송아지를 먹일 꼴을 뜯으러 다니던 들판으로 나갔다. 애석하게도 내가 서울을 떠나던 때와 달라진 게 없었다. 마치 어제 서울을 올라갔다가 하루 만에 바로 내려온 것만 같았다.

몇 년 만에 찾은 고향은 맑은 공기마저도 그대로였다. 그래도 뭔가 하나쯤은 변했으려니 했는데, 아무것도 변한 게 없었다. 괜스레 가슴만 아팠다. 맑은 공기와 높은 산은 여전히 하늘을 찌를 듯 비경을 품고 제자리에 우뚝 솟아 있었다.

아버지는 여전히 찢어진 신발을 신고 있었고 지게를 지느라 등이 모두 해진 윗옷을 입고 있었다. 서울에서 잘 차려입고 다니는 사람들, 특히 양복점에 와서 옷을 맞춰 입던 신사들이 떠올랐다. 속상했다. 어머니 역시 마찬가지였다. 내내 밭에서 일하느라 검게 그은 안색을 보니 흙색과 구별하기 어려울 지경이었다. 늘 따가운 해를 맞으며 밭에서 종일 일을 하니 어디 하나 성한 곳이 없었다. 일하다 상처가 나도 크게 다치지 않으면 밭두렁에서 쑥을 뜯어 침을 발라 붙이면 그만이었다. 시골 풍경도 부모님의 모습도 모두 그대로였다.

어머니는 오랜만에 집을 찾아온 아들에게 감자를 삶아서 내주었다. 그토록 그리던 아들이 오랜만에 집으로 돌아왔으니 흰 쌀밥에 고기반찬이라도 차려주고 싶었을 게다. 그러나 우리집 부엌은 전과 다를 바 없었다. 여전히 먹을 거라고는 감자뿐이라 그 역시 속상했다. 나는 안 먹어도 좋으니 부모님께는 흰 쌀밥에 고기반찬으로 거하게 차려드리고 싶었다. 서울에 갈 때는 그런 마음이었는데, 수년이 흘러 찾아온 나는 몸뚱이만 커져 있었다. 자그마한 선물이라도 사 들고 귀향하고 싶었건만 마음에 그쳤다. 부모님이 나를 보고 야단이라도 치셨더라면 차라리 덜 속상했을 것이다. 하지만 부모님은 내게 아무런 말도 하지 않았다. 더 마음이 상했다.

그 속상한 마음은 쌀집에 돈을 받으러 갔다가 배가 되고 말았다. 쌀집 주인이 양복점 사장에게 돈을 빌려준 적이 없다고 하는 것이었다. 자기네 쌀집이 이렇게나 크고 장사가 잘 되는데 무엇 때문에 돈을 꾸냐고 어이없어했다. "보아하니 자네를 쫓아내려고 양복점 사장이 계략을 꾸민 모양이로구만." 그때야 깨달았다. 사장이 나를 쫓아내려고 수를 쓴 것이었다.

비록 속아서 고향으로 내려가게 된 것이지만, 오랜만에 내려간 고향이 좋기는 했다. 달을 볼 때마다 눈물을 흘리며 그리워하던 고향이었으니 이왕 내려온 김에 조금은 더 머물다 오자는 생각이 들었다.

하지만 몸이 서울을 그리워했다. 그토록 모진 고생을 했으면서도 서울이라는 곳에 몸과 마음이 익숙해진 모양이었다. 며칠간 고향에서 머물고 있으려니 좀이 쑤셨다. 고향마을은 시간이 멈춘 듯 적막하기만 했다. 쌩쌩 달리는 차도 없었고 어디론가 급히 향하는 수많은 인파도 없었다. 탁한 공기마저도 그립게 느껴졌다.

서울에 번듯한 직장이 있는 것도 아니었다. 돈을 쌓아둔 것도 아니었다. 그럼에도 하루빨리 서울로 가야 한다는 생각이 좀처럼 사라지지 않았다. 그냥 가는 게 아니라 반드시 돌아가야 한다고 여겼다. 못다 펼친 꿈을 이뤄내고 싶었다.

다시 집을 떠나며 시골은 참 변한 게 없구나 하고 중얼댔다. 그러다 잠깐 걸음을 멈추고 멀리 보이는 집을 쳐다보았다. 낡은 지붕도 허술한 방문도 모두 그대로였다. 엉성하게 만들어진 툇마루며 낡은 솥단지며 모두 그대로였는데, 딱 한 가지 변한 게 있었다. 바로 부모님이 변해 있었다. 제법 많이 변했는데, 왜 처음에는 몰랐던 걸까. 그건 당연히 변하는 거라고 여겼던 걸까. 부모님이 이전에 비할 수 없이 변했다는 걸 그제야 깨달았다. 아버지도 어머니도 고향을 떠날 때보다 훨씬 야위어 있었다. 전보다 기운도 없어 보였고 혈색도 안 좋아 보였다.

눈물이 나오려는 걸 꾹 참았다. 그러자 멈췄던 발길이 다시 떨어졌다. 고향을 뒤로 한 채 다시 서울로 향했다. 처음 서울로 향할 때보다 더 굳은 마음으로.

다시, 서울로

전처럼 몰래 도망치듯 나오지 않아도 되어 좋았지만, 이번 서울행도 쉽지 않긴 마찬가지였다. 이번에도 도둑차를 타고 어찌어찌 숨어다니며 서울 근처까지 갈 수 있었다. 어느 아주머니가 제 아들이 먹다 남겼다며 건네준 콜라를 마시고는 설사병까지 났다. 두 번째로 도둑차를 탔다고 해서 전보다 수월한 건 절대 아니었다. 앓던 배를 겨우 가라앉히고는 더는 검표를 안 하겠다 싶어 마음 놓고 어느 좌석을 차지하고는 잠에 들었더랬다. 그런데 주위가 소란

스러워 깨었는데 얼핏 노량진이라고 하는 소리가 들리는 거였다. 도착했구나 싶어 서둘러 내렸는데 그곳은 노량진이 아니었다. 설상가상으로 검표원들이 지키고 서 있기까지 했다. 하는 수 없이 가방을 가슴에 부여안고 찻길 옆의 개울에 뛰어들었다. 첨벙 소리가 나자 사람들이 웅성거렸다. 누구냐고 외치는 소리까지 들렸다. 깜깜한 여름밤이었다. 몸을 일으켜 바쁘게 앞을 향해 뛰었다. 소리가 잠잠해지자 안양 쪽으로 향하는 뚝방길을 따라 걷는데, 오한이 들고 허기까지 져서 몸이 덜덜 떨려왔다.

길옆에는 주막이 있었다. 밥요기를 부탁할 수 있을까 안쪽을 들여다보았는데, 내 행색을 본 눈치 빠른 주막 주인이 먼저 선수를 쳤다. "시골에서 농사나 짓지 뭐하려고 서울로 도망을 온 거야?" 결국 밥 한술 언어먹지 못하고 돌아나왔다.

몸을 흐느적대며 저수지 뚝방을 따라 걸었다. 물에 젖은 옷은 아직 마르지 않았고 이미 밤이 깊은 데도 온종일 제대로 먹은 거 없는 빈속이었다. 결국 정신을 잃고 말았다.

정신을 차려보니 남의 집 원두막에 누워있었다. 원두막 주인이 쓰러진 나를 보고 데려다 눕힌 거였다. 배고픈 건 어찌 알고 자기 먹을 보리밥을 내게 주었다. 참외도 서너 개 정도를 가방에 넣어 주었다. 수원에서 만난 은인이었다.

그 길로 원두막을 나서 서울로 걸어 올라가던 참에 또 다른 봉변을 당할 뻔 했다. 길에서 만나 건달 두 놈이 내게 밥을 사달라지 뭔가. 옛날 말 중에 이런 말이 있다. 배고픈 놈더러 요기시키란다고. 원두막 주인이 넣어 준 참외를 뺏길 수 없어서 도로로 뛰쳐나갔다. 마침 직행버스가 이리로 오고 있었다. 지금 같으면 하라고 등 떠밀어도 못 할 짓을 그때는 하고 말았다. 길 한 가운데에 서서 직행버스를 막아선 것이었다.

초라한 행색에 쫓기는 행색이기까지 하니 차장은 일단 나를 태워주었다. 차에 오르고 나니 차비도 없으면서 탔다고 연이어 타박했다. 그 와중에도 나는 피곤을 이기지 못하고 까무룩 잠이 들고 말았다. 눈을 떠보니 대방동 로터리였다. 차장은 나를 던져놓고는 휭하니 가버렸다.

마침 갖고 있던 전차표로 다시 중부시장에 갔다. 다행하게도 고향으로 내려가기 전에 이곳저곳을 전전하며, 이일 저일 가리지 않고 살고 있던 나를 좋게 봐준 사람이 있었다. 언젠가 찾아와 함께 일해보지 않겠느냐고 말을 건넨 적도 있었다. 고향에 다녀와 찾아뵙겠다고 말했는데, 내가 서울에 오기를 기다리겠다고 진심으로 말을 했더랬다. 중부시장에 도착하자마자 그 가게를 찾아가려는데 눈앞에 국숫집이 보였다. 국수를 보자 이틀 된 허기가 뱃속에서 요동을 치지 뭔가. 가방을 맡겨놓고 외상으로 국수를 네 그릇인가 다섯 그릇을 단숨에 먹었다. 그러고는 가게를 찾아가 쭈뼛거렸다. 나를 보자마자 잘 왔다고, 함께 일을 해보자고 하는 사장에게 외상값을 좀 달라고 했다. 사장은 난처한 듯 허허 웃다가 오십 원 지전을 내밀었다. 그 돈으로 국숫값을 갚고는 곧바로 일을 시작했다. 말하자면 나의 세 번째 직장이었다. 그런데 그곳에 취직하자마자 또 일이 터졌다. 피곤을 못 이기고 깜박 졸아버린 것이다. 좀 쉬었어야 했는데 바로 일에 투입이 되었기 때문이었다. 까맣게 태워버린 바지를 보자 가슴이 덜컥 내려앉는데, 나를 보던 기술자들이 다들 나서주어 한 시간도 안 되어 원래처럼 고쳐주었다. 혹독한 신고식을 치른 셈이었다.

그곳에서도 이전 양복점에서 일하던 때처럼 여름이 오자 일이 줄어들었다. 한산한 가게에서 내가 할 일은 없었다. 하는 수 없이 다른 일을 또 찾으려는데 마침 예전에 같이 일했던 양복 기술자 형이 삼양동으로 오라고 했다. 일을 소개해 준다고 해서 찾아가 형이 사는 집까지 들어가 보게 되었다.

형은 삼양동 꼭대기에 살고 있었는데 당시 그곳에는 철거민들이 둥지를 틀고 있었다. 그곳에서 지금은 보기 힘든 집의 형태를 보게 되었다. 모래밭 위에 비료 포대를 깔고 얼기설기 지어놓은 집이었다. 잠을 자려고 하면 등에 모래가 박힐 정도로 열악한 환경이었다. 형도, 나도 그런 환경 속에서 어떻게든 먹고 살기 위해 일을 찾아 나섰다.

당시 수유리에서는 신일고등학교 공사가 한창이었다. 곳곳에 건물이 올라갔다. 서울은 이미 대도시였지만, 몰려오는 사람들 때문에 더 커지지 않으면 안 되었다. 문제는 그 큰 도시에 내가 편히 누울 곳이 없다는 거였다.

서울이 점점 팽창하며 도처에 숱한 공사장이 생겨났다. 동서남북 곳곳에 건물을 지어 올리느라 많은 인부가 필요했다.

누군가 거기서 돈을 벌 수 있다고 했다. 무작정 달려갔지만, 공사판은 호기만으로 버틸 수 있는 곳이 아니었다. 몇 년만 더 나이를 먹었더라도 버텨냈을지 모른다. 어른들과 나란히 공사판에서 일하려면 체격이 되고 체력도 좋아야 했다. 공사판에서 돈을 벌기엔 나는 아직 어리고 키도 작았다.

결국 공사장 일도 못하게 되었다. 가지고 있던 돈과 공사판에

서 받은 얼마 안 되는 돈은 금세 사라져 버렸고 다시 빈털털이가
되고 말았다.

4장.
서울 곳곳을 떠돌다

" 내내 힘들게 살아와 놓고는 겨우 이 정도로 죽으면 안 된다며
호통을 치기도 했다. 너무도 선명하게 소리가 전달되었다.
마치 확성기를 틀어놓은 것처럼 들려왔다. 눈물이 치솟고
가슴이 뛰기 시작했다. 쿵쾅대는 심장박동 소리와 나를
부르는 소리가 박자를 맞추며 나를 깨우고 있었다. "

차장에게 뺨을 맞다

공사장에서 일을 더는 못 하게 되자 앞날은 더욱 막막하게 느껴졌다. 하지만 내 사정을 들은 삼양동 형이 전농동이라는 동네로 오라고 했다. 자신이 그곳에서 취직을 했다는 것이었다. 아이스케키를 파는 일이었다. 나도 소개해 줄테니 일단 오라고 했다.

곧장 몸을 서둘렀다. 삼양동에서 버스를 탄 다음 또 버스를 갈아타야 했다. 만만치 않은 거리였다.

지방에서 서울로 오는 기차도 무임승차했는데, 버스도 무임으로 타는 게 뭐 그리 대수랴 싶었다. 그날도 역시 겁 없이 버스에 올랐다. 당연히 돈 한 푼 없는 상태였다.

사람이 많아 복잡했다. 복잡하니 차라리 잘 되었다고 생각한

게 잘못이었다.

지금이야 버스에 운전기사 한 사람뿐이지만, 그때는 버스 안내원이 차장 일을 했다. 많은 사람이 엉켜 타는 바람에 빈손으로 타는 나를 못 보았을 거라고 생각했다. 사람이 차 안으로 한 덩어리처럼 뭉쳐 들어갔고 그 틈에 나도 슬그머니 몸을 끼워 넣었다.

차장은 사람들을 가까스로 밀어 넣고 버스에 올라 문을 닫았다. 그때는 차장이 직접 버스의 문을 닫던 시절이다. 정신없는 상황이라 누가 차비를 냈는지 모르겠거니 했는데 그게 아니었다. 귀신같이 알고 내게 다가와서는 차비를 내놓으라며 버럭 소리를 질러댔다. "야! 너, 차비 안 냈잖아. 다 아니까 어서 차비 내놔!"

그 소리가 마치 천둥소리처럼 들려왔다. 이미 내 표정을 읽고 차비가 없다는 걸 알아차린 듯했다. 깜박 잊은 게 아니라 없어서 못 냈다는 것 또한 이미 알고 있었을 테다. 그래서인지 차장의 목소리가 더 무섭게 귀를 후벼팠다.

쥐구멍이라도 있었다면 당장 숨었을 테지만, 도망갈 곳이 없었다. 나는 차비를 안 냈다고 솔직하게 말하지 못했고, 철판을 깔고 차비를 냈다고 거짓말을 하지도 못했다. 버스 차장의 말이 틀린 건 아니었으니까.

차장은 팔을 걷어붙이고는 뺨을 때리기라도 할 것처럼 씩씩거렸다. 그러고는 곧장 욕설을 퍼부어 댔다. 순간 눈앞에서 번개가 번쩍였다. 설마 했는데 내 뺨을 무참하게 내리친 거다. 아마 두세 번쯤 번개가 번쩍였으니 한 번만 내리친 게 아니었다.

더 놀란 건 뺨을 맞았다는 사실보다 옆의 승객들이 아무 반응도 보이지 않았다는 것이었다. 세상이 얼마나 냉정한 곳인지 다시한번 더 깨달았다.

도시락을 훔쳐 먹었을 때를 떠올렸다. 애석하게도 두 번 모두사람이 많은 곳에서 뺨을 맞았다.

하지만 그 와중에도 차장이 나를 버스에서 내리게 하면 어쩌나 하는 걱정이 더 컸다. 여기서부터 걸어가면 얼마나 걸리는 걸까. 한 번도 가보지 못한 곳인데 형을 못 만나면 어쩌지, 하는 생각에 앞이 캄캄해졌다.

걱정했던 대로 차장은 나를 끌어 내릴 작정처럼 보였다. 그런데 그때 뒤에 바짝 따라붙은 버스가 신호음을 울려댔다. 그 바람에 내가 탄 버스는 더 이상 정차하지 못하고 달려나갈 수밖에 없었다.

뺨을 때린 게 뒤늦게 미안해졌는지 차장은 내가 내릴 때까지 아무 말도 하지 않았다. 어쩌면 차비 대신으로 뺨을 때린 셈 친 걸지도.

버스가 한 정거장씩 이동할 때마다 혹시 원치 않는 곳에서 내려놓으면 어쩌나 하는 생각으로 손잡이를 꽉 움켜쥐었다. 오로지 형을 만나야 한다는 생각뿐이었다. 형만 만나면 버스 안에서 겪은 속상한 일 따위는 묻어버릴 수 있을 것 같았다.

다행이었다. 차장은 차비 대신 내가 원하는 곳에 내려주기는 했으니까. 호되게 맞은 뺨이 여전히 얼얼했지만, 지나간 일은 생각지 않기로 했다.

이렇듯 우여곡절을 겪고 버스에서 내렸다. 신설동이었다. 하지만 목적지로 가려면 다른 버스를 갈아타야만 했다. 당시는 서울의 버스 노선이 꽤나 복잡했더랬다. 앞 버스에서 차비가 없어 망신을 당한 터라 선뜻 다시 다른 버스에 오를 용기가 나지 않았다.

생각해 보니 그곳까지 왔으니 거리가 한층 좁혀진 셈이었다. 그래서 걸어가기로 마음먹었다. 한 걸음 걸으면 한 걸음만큼, 열 걸음 걸으면 열 걸음만큼 가까워질 테지. 어느 정도의 거리는 걸어 다니는 게 이미 습관이 되어 있었다. 걸음을 서둘렀다.

꾸역꾸역 목적지까지 걸어가는 동안 생각했다. 형이 하자고 하는 일은 과연 잘 될 수 있을까? 나는 앞으로 닥칠 일에 대해서만 생각했다.

아이스케키 사드세요

더는 걷기 힘들어졌을 무렵 목적지에 도착했다. 차장에게 얻어맞은 뺨은 아직도 쓰라렸고, 무더위 속에 걷느라 다리는 무겁게 퉁퉁 부어 있었다. 만약 형과 만나지도 못했다면 그야말로 서러운 날이 되었을 것이다. 전농동 경미 극장 근처에 이르러 드디어 형을 만날 수 있엇다. 멀리서 형이 내게 손짓하는 모습을 보던 순간 어찌나 마음이 놓이던지. 눈물이 훅 터지려는 걸 꾹 참고 형에게로 걸어가며 중얼댔다. '봐. 죽어라 걷다 보니 이렇게 목적지에 오게 되잖아. 안 그래?'

형은 나를 보자마자 곧장 상자 하나를 내밀었다. 그때는 '아이스케키'라고 부르던 아이스크림이 든 상자였다. 뻘뻘 땀을 흘리며 먼 길을 걸어왔으니, 당장 하나를 꺼내 먹고 싶은 마음이 앞섰다. 하지만 참아야 했다. 새로운 일을 시작하기 위해 그 먼 길을 걸어왔는데 내가 상품을 먹을 순 없는 노릇이었다. 파는 게 우선이었다.

낡고 허름한 통에 그보다 더 허름한 줄이 매달려 있었다. 형은 나보다 나이도 많고 덩치도 커서 스무 개가 들어있는 통을, 아직 열 몇 살에 지나지 않던 나는 열두 개가 들어 있는 통을 들었다.

냉차를 파는 일은 시작도 못한 채로 손해만 보고 말았으니 이번 일은 제대로 해볼 작정이었다. 하지만 이 역시 만만한 일이 아니라는 걸 곧장 깨달았다.

"아이스케키!" 뭐든 경험이 필요하다는 걸 그때 또 배웠다. 형은 경험이 많아 그런지 아무렇지도 않게 '아이스케키'를 외쳐댔다. 수완도 좋았다. 한 바퀴 동네를 돌고 오면 형의 상자 속 아이스케키는 제법 수가 줄어 있었다. 나와는 차원이 달랐다.

나는 쉽게 입을 열지 못했다. 사달라고 소리높여 외쳐도 팔릴까 말까 한데 가만히 서 있기만 하니 손님이 다가올 리 있나. 형은 내게 왜 하나도 팔지 못하는 거냐고 물었다. 그 순간 구두를 닦으라고 외치던 기억을 떠올렸다. 내게 아예 경험이 없는 건 아니었다. 생각해 보면 목소리를 냈을 때와 그렇지 않을 때, 구두를 맡기는 사람들의 수는 크게 차이가 났다. 나는 용기를 내어 크게 목소리를 내었다. "아이스케키!"

구두를 닦아주겠다며 모으고 다니던 찍새의 경험마저 없었다면 아마도 나는 아이스케키가 다 녹아 없어지도록 입을 열지 못했을 것이다. 그때부터 쉬지 않고 사람들을 향해 소리를 질러댔다. "아이스케키!"

누가 시키지도 않았는데 이런 말까지 덧붙였다. "시원한 아이스케키가 있습니다." "한 개만 먹으면 서운한 아이스케키가 왔습니다." 형은 내게 제법이라며 엄지손가락을 추켜세워 보였다.

장사꾼들이 괜히 큰 소리로 호객을 하는 게 아니었다. 사람들은 가만히 있는 사람보다 목소리를 높이는 사람에게로 몰려든다는 걸 깨달았다. 한 번 소리치니 일단 힐끔 쳐다보았고, 보통 두 번 쳐다보면 나에게 왔다. 값비싼 물건이 아닌 만큼, 다가온 사람은 아이스케키를 사게 될 확률이 매우 높았다.

용기를 내자 누군가 다가와 돈을 건네며 하나만 꺼내달라고 했다. 장사를 시작하고 이뤄낸 첫 성과였다. 신기했다. 내가 파는 물건을 사주는 사람이 있다는 게 마냥 신기하고 고마웠다. 그곳은 고향이 아닌 서울이었다. 서울이라는 곳의 북적거리는 길 위에서 내가 물건을 팔아 돈을 벌 수 있다는 게 그렇게 좋을 수가 없었다.

그 후로 며칠 동안 그곳에서 일했다. 날이 더워 그런지, 내게 요령이 생겨 그런 건지 아이스케키는 제법 잘 팔렸다. 이 동네 저 동네, 누비지 않은 곳이 없었다. 상자를 멘 어깨 위에 상처처럼 패인 자국이 생기기도 했다. 하지만 지게를 짊어졌던 날에도 자주 생기던 상처였다. 그까짓 상처는 아무렇지도 않았다. 충분히 견딜 수 있었다.

　남들 시원하라고 아이스케키를 파는데, 정작 형과 나는 온몸이 땀으로 범벅이었다. 그래도 아쉬워하지 않고 열심히 소리높여 아이스케키를 팔았다. 돈을 실컷 번 것은 아니었지만, 한 끼라도 내가 번 돈으로 해결할 수 있으니 좋았다. 일이 없는 가게에서 밥만 얻어먹을 수도 없었고 그렇다고 사장이 나를 도와주지도 않았으니, 그조차 하지 못했다면 아마도 나는 거지 소굴로 들어갈 수밖에 없었을지도 모른다.

　고생에 비해 번 돈은 얼마 되지 않았다. 내내 힘겹게 일하고 나면 하루 삼십 원쯤 손에 쥘 수 있었다. 그 돈으로 국수를 샀다. 적은 돈이었지만, 남에게 신세지지 않고 내가 번 돈으로 사고 싶은 걸 살 수 있어서 행복했다. 누군가는 기껏 국수라고 흉볼지 모르지만, 그때 먹은 국수는 세상 어느 음식보다 맛있었다.

　냄비나 그릇을 살 돈이 어디 있었겠는가. 나는 어디선가 주워 온 노란 양재기를 나무 밑에 몰래 숨겨두었다가 국수를 사올 때마다 꺼냈다. 돌멩이 몇 개를 놓고는 그 사이에 나뭇가지를 모아다 불을 붙였다. 그 위에 양재기를 얹고는 물을 붓고 끓였다. 시골에서 나무에 불을 제법 붙여 보았으니 그쯤은 어려운 일도 아니었다.

배불리 먹으려고 물을 한껏 들이부었다. 물이 끓기 시작하면 국수를 모두 쏟아 넣었다. 그런 다음 양재기 속 국물을 열심히 저어대다 보면 어느새 익은 국수가 되었다. 국수를 헹구거나 새로운 국물에 말아 먹거나 하는 생각은 하지 않았다. 할 수도 없었다. 국수가 익으면 그만이었다.

형도 나도 무척 배가 고팠지만, 국수가 살짝 불 때까지 조금 기다렸다. 그래야 더 배불리 먹을 수 있어서였다. 국물도 남김없이 다 먹어 치웠다. 그릇도 먹을 수 있었다면 곧장 입에 넣어 오독오독 씹어 먹었으리라. 스스로 생활을 책임져야 했지만, 나는 여전히 소년이었다. 돌아서면 배가 고팠고, 조금만 움직여도 배가 꺼졌다.

그때 먹었던 국수 맛은 지금도 잊히지 않는다. 제아무리 비싼 진수성찬이라도 그때의 국수보다 더 맛난 걸 먹어본 적이 없다. 지금도 문득문득 나무 그늘 아래에서 먹었던 그 국수를 떠올리곤 한다. 나의 반려자인 남준 씨가 정성 들여 끓여준 고기 국수를 두고 농담 삼아 섭섭한 말을 한 적도 있다. 그 시절, 아무렇게나 끓여 먹던 보잘것없는 국수가 더 맛있었노라고. 지금은 말하면서도 웃고 마는 추억이 되어버렸지만, 그때는 그깟 국수 한 그릇이 내 목숨을 지켜주고 성장을 도와 주었다.

날마다 아이스케키 상자를 들고 거리로 나갔다. 그러던 어느 날, 양심을 파는 일을 저지르고 말았다. 여느 날과 다르게 아이들이 우르르 몰려오더니 아이스케키를 달라고 했다. 여러 명이었는데 누군가 백 원짜리를 갖고 나왔더랬다. 아이스케키 하나가 일 원이니 당연히 거스름돈이 제법 필요했다. 하지만 장사를 막 개시했던 터라 거스름돈이 많이 없었다. 호주머니를 살피니 삼십 원 남짓만 들어 있었다. 그걸 털어주고는 곧장 와버렸다. 아이들은 아직 어려서 계산을 정확히 할 줄 몰랐다. 그래서 아이스케키도 주고 거스름돈도 주니 외려 고맙다며 몇 번이나 인사까지 하고 갔다.

아이들이 돌아가고 난 다음 나는 청량리까지 한참을 걸어갔다. 그러고는 통을 집어던져 버렸다. 나 자신이 너무 싫었다. 처음으로 양심을 팔아 돈을 번 것이었다.

아이들은 집으로 돌아가 부모님께 호되게 혼이 나거나 매를 맞았을 것이다. 그걸 알면서도 나는 순간 돈에 눈이 멀어 그런 짓을 한 것이다. 내가 싫고 미웠다. 할 수만 있다면 아이들에게 달려가 돈을 돌려주고 매를 대신 맞고 싶었다. 하지만 후회는 이미 늦어버린 다음이었다.

아이스케키를 팔아 국수를 끓여 먹던 기억 뒤엔 이렇듯 양심을 팔아버렸던 고통스런 기억도 숨어 있다. 다시 생각해도 너무 가슴이 아프고 미안한 이야기다. 지금이라도 그때 아이들을 만날 수 있다면 사과하고, 보상해 주고 싶은 마음이 간절하다.

떠돌이 생활

생각해 보면 서울 구석구석 돌아다니지 않은 곳이 없고 이것저것 안 해본 일이 없다. 길에서 자는 일은 다반사였고 밤새도록 벌레에 몸을 뜯기는 건 너무도 익숙해 특별한 일이 될 수 없었다. 누군가 버리거나 흘린 음식을 주워 먹은 것도 한두 번이 아니다. 거지와 다를 게 없는 생활이었다.

그럴듯한 졸업장이 있거나 나이를 좀 더 먹었더라면 그토록 혹독한 고생은 하지 않았을지도 모른다. 하지만 내겐 내세울 게 없었다. 남산에 몇 번 간 적이 있었다. 그곳에는 정말 거지가 많았는데, 나로서는 도통 이해할 수 없는 일이었다. 건강한 신체를 가졌으면서도 왜 일을 하질 않는가? 그런데 일을 하고 싶어도 하지 못하는 처지가 되어보니 비로소 그들이 이해되었다. 그러나 나는 그들과 같이 되고 싶지 않았다. 차라리 죽을지언정 그렇게는 살고 싶지 않았다. 당장은 굶고 행색이 초라하더라도 구걸을 하며 연명하고 싶지 않았다. 먼 미래에 어디선가 지금과는 전혀 다른 모습으로 살고 있으리란 꿈을 꾸었다.

아는 사람을 통해 옷걸이를 팔 수 있게 되었다. 당시 답십리와 전농동 등지에 한참 주택을 지어 올릴 때라 옷걸이가 많이 필요하리란 생각이 들었다. 아이스케키를 팔아본 경험이 큰 도움이 되었다. 물건을 사라고 외치는 게 전혀 어색하지 않았다. 무엇이 되었건 경험은 큰 재산이었다.

하나에 삼십 원씩 팔았다. 썩거나 녹지 않는 것이기에 들고 다니는데 지장이 없었다. 내게는 그게 큰 장점이었다. 하지만 그 못지않게 단점도 컸다. 생각처럼 많이 팔리지 않았다. 이제는 사람들에게 물건을 사달라고 크게 외칠 자신도 있었다. 서울 지리도 웬만큼 익숙해졌으니 발길이 닿는 곳이라면 어디든 가서 옷걸이를 팔 자신도 있었다. 하지만 그 시절은 옷도 넉넉히 사 입지 못하던 때가 아니던가. 애초에 가진 옷이 별로 없는데 여유 있게 옷걸이를 사두는 집이 많을 리 없었다.

옷을 몇 개 더 걸칠 수 있도록 고리가 달린 건 오십 원이었다.

삼십 원짜리 보다는 이문이 더 남았지만, 이것 역시 잘 팔리지 않았다. 팔리면 돈이 된다지만, 잘 팔리지 않으니 문제였다.

종일 두어 개도 팔리지 않는 옷걸이를 들고 돌아다니다가, 어느 날엔가 답십리의 한 가게에 들어가게 되었다. 당시엔 답십리 쪽에 금붕어를 키워 파는 곳이 많았는데 그 한편에 내가 전에 일했던 곳을 떠올리게 하는 양복점이 하나 있었다. 무작정 들어갔는데 사장이 친절하게 나를 맞이해 주었다. 이전 사장들과는 달리 이곳 사장 부부는 무척 친절했다. 물건은 보지도 않고 무작정 밖으로 내모는 다른 가게 주인들과는 달랐다.

내게 원래 서울 사는 애가 아니냐고 물었다. 언뜻 들으면 몰라서 묻는 것 같았지만, 이미 알고 한 질문이나 다름없었다. 억센 사투리를 쓰는데다 행색이 초라해서 서울내기가 아니라는 건 곧장 알아챘을 것이다. 친절한 사장은 내게 어떻게 살고 있느냐고 물었다. 솔직하게 형편을 말했더니, 짧은 한숨을 내쉬며 고개를 끄덕였다. 예상대로라는 표정이었다. 가게 주인은 곧 가을이 온다고 금방 추워질 거라는 말을 건넸다. 그때서야 나는 다가오는 계절을 실감했다. 계절의 당연한 이치도 잊고 지낼 만큼 하루하루 먹고살기에 바빴던 것이었다. 봄은 날이 지날수록 더워지지만, 가을은 날이 지날수록 추위지지 않는가. 그래서 고향에서도 겨울이 다가올 때마다 지게를 짊어지고 난방을 위한 땔감을 구하러 험한 산을 수없이 오르내리지 않았던가.

"겨울이 되면 우리 가게로 와서 일을 해 보거라."

사장의 권유에 무작정 그러겠다고 답을 하고 나왔다. 그리고 얼마 후 여름이 지나고 가을이 찾아왔다. 곧 겨울과 마주할 걸 생각하니 몸도 마음도 시렸다. 곧장 친절한 사장을 찾아가 그곳에서 일을 하게 되었다. 그렇게 새로운 양복점 사장과 인연이 되었다. 옷걸이를 팔아서 큰 돈을 벌지는 않았지만, 누군가와 인연이 되었으니 값진 이득을 남긴 셈이다.

생명의 은인

새로 일하게 된 가게에는 자주 찾아오는 형이 한 명 있었다. 추위를 피하러 가게에 곧잘 들리는 형이었는데 말을 하지 못했다. 그가 언어 장애를 가진 사람이라는 걸 처음 알았을 때는 무척 당황했다. 수화라는 걸 할 줄 몰랐으니까. 하지만 사람과 사람이 소통하는 건 말로 하는 대화만이 아니라는 걸 그 형을 통해서 배웠다. 형과는 서로 말을 건네지 않아도 이상하게 소통이 잘 되었다. 아마도 서로의 마음이 통해서였으리라. 형과 나의 어려운 처지를, 서로가 얼마나 힘들게 살고 있는지를, 우리는 마주하던 순간 바로 깨달았던 것 같다. 그래서 더욱 서로에게 잘해 줄 수 있었다.

그때 나는 배운 재봉 기술로 몇 번 동네아이들의 옷을 꿰매준 적이 있었다. 내 나름으론 친절을 베푼 셈인데 문제는 그 뒤였다. 걸핏하면 아이들이 떼로 찾아와 떨어진 옷을 꿰매달라고 요구를 했다. 시간도 없고 힘들다고 말하면 위협까지 해대는 통에 그곳에서 일하는 것도 영 녹록치 않았다. 한 번은 가게에 들른 형이 그 광경을 보고는 동네 아이들을 혼을 내어 쫓아내 주었다. 그 후로도 몇 번이나 형 덕분에 곤란한 일을 모면했다.

형은 심지어 내 목숨도 구해준 적이 있었다. 어느 추운 날이었다. 가게의 다리미판 위에서 나는 까무룩 깊은 잠에 빠져들었다. 그런데 그건 잠이 아니라 저체온증으로 인한 마비였다. 가게에 허다한 양복 옷감이라도 이불 삼아 덮고 잤더라면 그런 일은 생기지 않았을 텐데 양심상 상품으로 파는 옷감을 내가 덮고 잘 수는 없다고 생각했다. 양복점 바로 옆에는 구멍가게가 있었다. 그 주인 아주머니에게 살려달라고 외치려는데 입이 열리지 않았다. 몸이 얼음처럼 굳어 움직이지 않았다. 속으로만 몇 번이고 살려달라고 외쳤다. 하지만 외침은 밖으로 터져 나오질 못했다. 이러다 죽는 거구나 하는 절망을 느꼈다. 그때 형이 온 것이었다.

형은 문틈을 통해 축 늘어진 나를 발견하고는 안에서 잠긴 문을 따고 들어왔다. 정말 다행이었다.

말 못 하는 형은 내 이름을 외쳐 부르지는 못했다. 그러나 속으로 내 이름을 크게 부르고 있다는 걸 느꼈다. 형이 온 정성을 다해 내 몸을 주무르며 흔들었다. 형은 가라테에 능한 사람이라 손힘이 좋았다. 그 덕분에 내 몸은 서서히 마비에서 풀려났다.

신기하고 희한했다. 어서 일어나라고, 이렇게 눈을 감고 있으면 그냥 죽게 된다고 고래고래 외치는 소리가 들려오는 게 아닌가. 목구멍을 타고 입을 통해 나오는 소리가 아니었는데도 귓가에서 크게 울려댔다. 아니, 마음에서 울려댄 소리를 가슴이 받아 내는 소리였다. 내내 힘들게 살아와 놓고는 겨우 이 정도로 죽으면 안 된다며 호통을 치기도 했다. 너무도 선명하게 소리가 전달되었다. 마치 확성기를 틀어놓은 것처럼 들려왔다. 눈물이 치솟고 가슴이 뛰기 시작했다. 쿵쾅대는 심장박동 소리와 나를 부르는 소리가 박자를 맞추며 나를 깨우고 있었다.

누군가를 살리려고 진심으로 외친 소리. 그건 마음의 소리였다. 그 소리를 다시 마음으로 듣고 있었다. 일어나야 한다는, 그래야 죽지 않는다는 의지가 점점 솟아났다.

서로 대화는 나눌 수 없었지만, 마음은 잘 통했던 거다. 나도 형의 마음을 알았고 형도 내 마음을 알았던 거다.

서서히 몸에 온기가 들어왔고 호흡도 편해졌다. 빳빳하게 굳었던 몸이 점점 정상으로 돌아오고 있었다. 형은 나를 벌떡 일으켜 앉히더니 품에 안아주었다. 눈물이 핑 돌았다. 품에서 벗어나는데 눈물이 왈칵 쏟아질 것만 같았다. 눈물이라도 떨어지면 어쩌나 싶어 고개를 돌렸다. 죽다 살아났지만, 사내로서 눈물을 보이기 싫었다. 눈물을 참으려고 한껏 눈에 힘을 주고 형을 쳐다보았다.

고맙다는 말을 하지는 않았다. 형은 이미 내 마음을 잘 알고 있었다. 내가 마음으로 외치는 요청을 듣고 달려온 형이었다. 나 또한 일어나라고 소리치는 형의 목소리를 분명 들었다. 서로의 마음을 알았으니 굳이 입을 열어 고맙다는 인사를 할 필요가 없었다.

형은 나를 이끌고 답십리 시장의 새로 생긴 선짓국밥집으로 데리고 갔다.

막걸리를 시키고 국밥을 시켜주었다. 뜨끈한 국물이 속으로 들어가자 몸도 마음도 단숨에 녹아내렸다. 발그레해진 서로의 얼굴을 마주 보며 깔깔 웃었다. 그때 먹었던 막걸리 한 잔과 선짓국은 지금도 잊을 수가 없다. 단순히 술 한 잔, 국 한 그릇의 맛을 잊을 수 없다는 게 아니다. 친형제도 아닌 나를 살려준, 말도 못하던 그 형의 따뜻한 온정을 잊을 수 없다는 것이다. 형이 없었더라면 나는 아마 지금 이 세상에 없었을지도 모른다.

중부시장 화장실

지금이야 옷이 남아돌아 버리는 일이 예사지만, 그때는 광목 바지 하나로 겨울을 버텼다. 고향 동네에서 친구가 새 옷을 하나 사 입었다고 하면 온 동네에 소문이 날 만큼 옷이 귀하던 시절이었다. 서울에서도 누가 새 옷을 입었다고 하면 한참을 부러워하곤 했다.

옷에 구멍이 나더라도 절대 버리지 않았다. 구멍이 난 곳과 크기만 맞으면 두께도 색깔도 상관없이 무조건 덧대서 입고 다녔다. 덧댄 자국이 선명한 옷을 입고 다녀도 부끄러워하지 않았다. 그땐 다들 그랬다. 제대로 된 속옷은 구경도 해본 적이 없다. 광목 바지 하나만 걸친 채 낡은 고무신을 신고 다녔다. 양말을 신는 건 드문 일이었다. 다 뚫린 양말을 어디서 구해오면 뚫린 대로 그냥 신었고 그마저도 더 헤지면 덕지덕지 꿰매 신고 다녔다. 더는 신기 어려워 지면 맨발로 다니면 되었다. 새 양말은 꿈도 꾸기 어려웠다.

겨울이 지나고 나는 다시 중부시장으로 오게 되었다. 그곳에 서 재봉일을 하며 봄을 맞이했고 여름을 지나 다시 가을과 겨울을 맞이했다. 그때도 지금도 세상에서 가장 빠른 건 세월인 듯싶다. 어찌나 빠르게 시간이 흐르는지, 한편에 꽁꽁 묶어두고 내가 뭔가 이룰 때까지 기다려 달라고 세월에게 부탁이라도 하고 싶었다.

그해 겨울 역시 만만치 않게 추웠다. 이전 겨울에 쓰러졌던 기 억이 여전히 생생해 겨울을 맞이하는 게 두렵기까지 했다. 나도 따 듯한 옷 한 벌쯤 마련하고 싶다는 생각이 들었다. 옷 중에서도 두 툼한 빨간 겨울 내복이 그렇게 눈에 맴돌았다.

옷을 사고 싶다고 말했더니 말 못하는 형이 손짓 발짓을 다 동 원해 내게 주의를 주었다. 시장에서 흥정을 제대로 하지 못하면 옷 가게 주인들에게 흠씬 두들겨 맞는 일까지 있을 수 있다는 거였다. 당시엔 그런 말도 안 되는 일이 비일비재했던 때였다. 형은 내게 주의를 주는 동시에 에누리를 잘 할 수 있는 자신만의 노하우도 하나 가르쳐주었다. 요즘 같은 세상에서는 절대 써먹으면 안 될 노하우였지만, 나는 그걸 써먹기로 했다. 말하기 조금 창피하지만, 바로 말 못하는 사람의 흉내를 내는 거였다.

큰맘 먹고 동대문 시장으로 달려갔다. 비싼 옷들은 거들떠보지도 않았다. 그저 따뜻하면 되었다. 마침 어느 부부가 하는 난전에 여느 내복보다 더 따뜻해 보이는 빨간 내복이 진열되어 있었다. 말을 하지 못하는 시늉을 하며 종이에 글을 써서 얼마냐고 물었다. 남자 주인이 나를 유심히 살피며 말하길 오천 원이란다. 내게는 엄청난 고가의 옷이었다. 나는 말 못하는 연기를 더 이어나가며 에누리를 시작했다. 반을 넘게 깎아달라고 했다. 그랬더니 남자의 아내는 그러면 본전도 못 건진다며 질색을 했다. 남자 주인은 측은한 눈길로 나를 쳐다보며 물었다.

"얼마면 살 수 있겠니?"

나는 또다시 종이에 이천 원이라고 썼다. 남자 주인은 한참을 고민하더니 아내를 설득했다. 사내자식이 까까머리를 하고 참 야무지게도 생겼는데 말을 못 한다니 가엽지 않느냐고 했다.

"우리 아들을 생각해서라도 하나 줍시다."

난전의 주인 부부에게는 너무 미안한 일이지만, 나는 말 못하는 흉내를 낸 덕분에 두터운 빨간 겨울 내복을 반도 안 되는 가격으로 살 수 있었다.

한동안 그 내복을 입고 따뜻하게 잘 지냈다. 그러다 낭패스런 일이 생기고 말았다. 그게 다 양복점 재단사 때문이었다. 재단사는 참으로 고약한 버릇을 갖고 있었다. 가게에서 밥을 먹는데 비짓국 같은 게 나오면 그 안의 돼지 뼈다귀를 건져다 쪽 빨아먹고는 도로 국그릇 안에 넣는 것이었다. 한 상에서 같은 냄비로 먹는데도 그랬다. 재단사는 양복점에서 뼈가 굵은 나이 많은 어른이니 섣불리 항의할 수도 없는 노릇이었다. 그 탓에 바로 배탈이 났다. 화장실로 뛰어가야 했는데 그마저도 쉬운 일이 아니었다. 엎친 데 덮친 격이었다.

당시 생활에 어느 하나 녹록한 게 있었겠냐마는 화장실에 가는 것도 만만치 않은 일이었다. 당시에는 대부분 공중 화장실을 이용했는데, 야속하게도 공짜가 아니었다.

요즘 사람이 들으면 웃을 이야기지만, 그때엔 화장실도 입장표가 있어야 출입이 가능했다. 그 표를 당시엔 '똥표'라고 불렀는데 그 값이 한 번 사용에 20전이었다. 문제는 화장실을 들락거려야 하는 상황이 자주 생긴다는 거였다. 먹는 게 시원찮으니 걸핏하면 배탈이 났다.

내가 일하는 곳과는 거리가 있었지만, 묵정 공원의 화장실은 공짜였다는 게 다행이라면 다행이었달까. 배탈이 나면 배를 움켜쥐고 거기까지 겨우 뛰어가곤 했다. '똥표'를 아끼려고 공원으로 향한 거다. 그때의 고통은 어떻게 표현하면 좋을지 지금도 알 수 없다.

한 겨울이라 눈이 펑펑 내리고 있었다. 재단사 탓에 배탈이 나 죽을 지경이었다. 설상가상 쌓인 눈으로 길까지 미끄러웠다.

이제 조금만 더 걸으면 화장실에 도착할 상황이었다. 이를 악물고 화장실 가까이 다다랐다. 그런데 갑자기 온몸에 힘이 풀리고 말았다. 결국 화장실 문을 몇 걸음 남겨두지도 않은 상태에서 그만 그 자리에 똥을 누고 만 것이다. 너무 창피하고 속이 상했다. 그런데 더 속상한 건 새로 산 내복을 버려야 한다는 사실이었다. 나는 그때까지 제대로 된 새 옷을 한 번도 입어 본 적이 없었다. 그랬던 내가 처음으로 큰마음을 먹고 산 옷에 하필이면 똥을 누어버리다니. 하얗게 내린 눈으로 대충 씻어내긴 했지만, 똥이 마음처럼 깨끗이 씻길 리 없었다. 게다가 맨살 위에 닿는 눈은 면도칼로 살을 긁어대는 것처럼 따갑고 아팠다.

씻어낸다고 씻어냈지만, 여전히 나는 똥냄새를 풀풀 풍기며 작업실로 되돌아갔다. 내가 재봉 작업을 하던 공간은 가게 위에 마련된 다락방 같은 곳이었다. 하필이면 좁기까지 한 그 공간에 똥이 묻은 몸으로 들어가 일을 하고 앉았으니 똥냄새가 오죽했으랴. 꾀를 부려 방귀를 뀌는 시늉까지 해봤지만, 그런다고 똥냄새와 방귀 냄새를 헷갈릴 리가 없었다.

그때에도 누군가 나를 도왔다. 일하며 친해진 누나가 삼십 원을 슬쩍 건네주더니 목욕을 다녀오라 한 것이다. 같이 일하는 사람들은 모두가 코를 쥐어 싸고 나를 흉보며 피했지만, 누나만은 달랐다. 그 누나만은 나를 피하지 않고 목욕비를 건넨 것이다. 덕분에 창피함도, 아쉬움도 모두 깨끗이 씻어 버릴 수 있었다. 하지만 아깝게 버리고 만 새 내복을 생각하면 눈물이 났다. 아까운 마음은 쉬 가시질 않았다.

당시의 화장실 변기는 지금과는 달리 수세식이었다. 급수 시설 없이 구덩이 속에 대소변이 축적되는 이른바 푸세식이어서 나는 그 뒤로도 묵정 공원의 화장실에 갈 때마다 변기 구멍을 통해 내가 던져버린 내복을 볼 수 있었다. 빨간 내복은 시간이 갈수록 사람들의 대소변에 파묻혀 갔다. 조금씩 형태가 파묻히기 시작하다가 어느 날엔가는 가서 보니 완전히 파묻혀 버렸다. 가슴이 미어 터졌다. 고작 내복 하나에 그토록 애달파하다니. 누군가는 이해할 수 없다고 할 지도 모르지만, 어려운 시절에 내가 번 돈으로 처음으로 산 물건에 대한 서글픈 애착으로 봐 주면 좋겠다.

언젠가 손자와 함께 그 시장을 다시 간 적이 있다. 오장동 냉면 뒤에 있던 묵정공원 화장실이 지금은 수세식으로 말끔히 바뀌어 있는 걸 보고 껄껄 웃고 말았다. 손자에게 화장실 문을 몇 걸음 앞두고 똥을 누고 만 추억이 있다고 당시 상황을 얘기해주었다. 눈을 동그랗게 뜬 손자가 왜 더러운 이야기를 하느냐고 핀잔을 주었을 때 또 한 번 크게 웃었더랬다. 지금도 오장동 냉면을 먹으러 갈 때면, 그때의 기억이 또렷이 떠오른다.

5장.
오 종 면허증과 택시 운전

" 오 종 면허. 뻔뻔한 거짓말이지만, 내 삶을 위한 방법이었다. 물론 그 무모한 거짓말로 누군가 손해를 보게 될 것 같았으면, 절대로 하지 않았을 것이다. "

오 종 면허증도 있답니다

　중부시장에서 여러 우여곡절을 겪으면서도 나는 한 살 두 살 차
곡차곡 나이를 먹었고 어느덧 어엿한 성인이 되었다. 열네 살에 겁
도 없이 서울로 무작정 상경했던 소년이 어느덧 스무 살을 넘긴 청
년이 된 것이다. 시간과 경험이 쌓이자 그래도 전보다는 좋은 조건
으로 일을 할 수 있었다. 어느 정도 자리가 잡혔고 이제는 달마다 월
급도 받을 수 있었다. 전에 비하면 퍽 안정적으로 일을 할 수 있게
된 것이다. 물론 큰돈을 벌 수는 없었다. 하지만 이전처럼 어디서
자야 하나, 끼니는 어떻게 때워야 하나 하는 고민은 더 이상 하지 않
아도 되었다.

그런데 어느 날이었다. 양복 만드는 기술을 가지고 과연 얼마나 오래 일을 할 수 있을지 고민하던 무렵이었는데, 덜컥 입대 영장이 날아왔다. 그래서 스물 두살의 나이로 입대했다. 1962년의 일이었다.

나는 군대에서 운전병이 되었다. 누군가는 이렇게 물을지도 모르겠다. 별다른 기술도 없는 사람이, 무엇보다 면허증 하나 제대로 갖추지 못한 사람인데 군에서 운전을 했다고? 사실이다. 거짓말이 아니다. 군에 입대한 나는 오 종 면허 덕분에 운전병으로 일할 수 있었다. 오 종 면허? 이 말을 들으면 사람들은 더욱 의아해할 게 분명하다. "세상에 오 종 면허란 것도 있었나?" 오 종 면허란 게 있을 리 없다. 그런데 그 있지도 않은 것으로 내가 운전병이 된 것 또한 엄연한 사실이다. 그 사연을 늘어놓자면 이러하다.

나는 아마 가능했다면 입대를 연기했을지도 모른다. 무엇 하나 제대로 이루지 못하고 군에 간다는 게 마음에 걸렸다. 돈을 모아놓은 것도 아니었고 그럴듯한 기술을 연마한 것도 아니었으니 말이다. 하지만 지금처럼 군 입대를 연기하는 건 쉽지 않았고 군생활 기간 역시 지금보다 무려 두 배 가까이 길었다. 삼 년이라는 만만치 않은 세월을 군에서 보내야만 했다.

시골에서는 아무개집의 아들이 군에 간다고 하면 온 동네 사람이 다 나와서 배웅을 하곤 했다. 이게 다 군 생활이 길어서 생긴 일이었다.

이왕 군대에 가야 한다면 그곳에서의 시간을 값지게 보내고 오자는 생각이 들었다. 짧지도 않은 복무 기간인데, 고생한 기억만 가지고 사회로 복귀할 순 없지 않은가. 군에서 생활했던 기간을 시간 낭비였다고 푸념하는 형들을 자주 보곤 했다. 형들처럼 허송세월할 수는 없다고 생각했다. 군생활을 분기점으로 해서 내 인생에 확실하게 한 획을 그어야 했다.

그러다 생각한 것이 다름 아닌 운전병이었다. 누군가 군에서 운전을 배우게 되면 사회에 나와서 이래저래 활용할 일이 많다고 했다. 그 때문에 군에 들어가자마자 황당한 일을 벌이고 말았다.

논산훈련소에서 수용연대 병과를 받으려고 기다릴 때였다. 교관이 운전병을 뽑으러 왔다. 운전 면허증 소지자는 손을 들라는 말에 겁도 없이 나는 손을 번쩍 들어 올렸다. 무슨 용기였는지 지금도 모르겠다. 군에 오기 전에 면허를 취득했을 리가 없었다. 하루하루 먹고사는데 바쁘다 보니 운전 면허를 배울 틈도 없었고 무엇보다 돈이 들어가는 일은 하기가 어려웠다. 그러나 일단은 손이라도 들고 봐야 뭔가를 시작할 수 있지 않을까 하는 마음이 들었다. 지금처럼 운전 면허가 흔해진 세상에선 나의 각오가 우습게 느껴질지도 모르겠다. 그러나 그때의 나는 면허증 하나에도 죽기 아니면 까무러치기의 심정으로 덤벼들었다.

번쩍 손을 들고 있는 내게 교관이 다가오더니 물었다. 몇 종 면허를 갖고 있느냐는 것이었다. 몇 종 면허? 무슨 소리를 하는지 나는 도통 알아들을 수 없었다.

사실 운전면허에 대해서 아는 게 없었다. 운전 면허가 종류별로 나뉘어 있는 지도 몰랐다. 어설프게나마 모든 면허증이 다 같은 게 아니고 급수가 있다는 정도만 알고 있던 참이었다.

식은땀이 흘렀지만, 고민은 아주 잠깐만 했다. 뻔뻔함을 되찾고 호기롭게 답을 해버렸다. 기왕이면 건물도 높은 게 좋고 돈도 많은 게 좋으니 운전 면허라고 다를까 싶었다. 기왕이면 높은 숫자가 좋을 테지, 그게 아니라도 설마 나를 어쩌랴 싶었다. 만약 정 틀린 것 같으면 숫자를 더 높여 부를 작정이었다.

"네, 오 종 면허를 갖고 있습니다."

"오 종 면허?"

"네, 그렇습니다."

"그러니까, 네가 무려 오 종 면허를 땄다?"

"네. 제가 오 종 면허를 땄습니다."

군에서는 뭐든 자신 있게 답해야 한다고 들었다. 그래서 나는 아주 자신 있게, 목청을 돋우어 답을 했다. 교관의 당황하는 표정에 내가 너무 씩씩하게 답을 했나 싶은 생각까지 했으니 참으로 순진했다.

그 말을 듣고 교관은 얼마나 어이없었을까. 그런데 나는 한술 더 뜨려다 말았다. 만약 오 종이 틀렸다면 육 종이라고 고쳐 답을 하려던 참이었다. 교관은 터지는 웃음을 겨우 참아냈다. 황당함을 넘어선 표정이었다. 뭔가 잘못되었다는 걸 그제야 깨달았지만, 이미 바닥에 쏟아진 물이었다. 주워 담기엔 늦었다.

표정을 보니 이미 한참 높은 숫자를 부른 듯했다. 인제 와서 어쩌겠나. 될 대로 되라 싶었다. 때론 무모함이 기회를 만들 수도 있다는 걸 살아오는 동안 배워온 터였다. 제발 이번에도 그래 달라고, 기차에 올라 쇠로 된 난관을 붙잡고 있을 때처럼 누군지 모를 존재에게 기도했다.

그가 바짝 고개를 들이밀었다. 오 종 면허증을 보여달라고 했다. 갖고 있지도 않은 면허증을 어떻게 보여줘야 하나 고민하다가 기지를 발휘했다.

"고향에 두고 왔습니다!"

교관은 황당한 표정으로 내 고향이 어디냐고 물었다. 당당하게 전북 남원이라고 답했다. 내내 뻔뻔스러운 나를 물끄러미 쳐다보던 교관은 남원이란 곳에는 오 종 면허도 있냐고 물었다. 그렇다고 얼버무리듯 답을 하면서 깨달았다. 내가 뭔가 말을 잘못 해버렸구나. 그 순간 교관과 나는 대치하듯 서로를 응시했다. 결국엔 내가 져버릴 싸움 같았는데 기가 밀리면 안 되었다. 나는 두 눈을 부릅뜨고 그의 시선을 피하지 않았다. 정말이냐고 교관이 다시 한번 더 확인했다. 뒤로 물러설 수는 없었다. 나는 한결 두꺼운 철판을 얼굴에 깔았다. 재차 정말이라고 답을 하는 내 앞에서 교관이 돌연 표정을 바꾸었다. 잔뜩 화가 오른 표정으로 혼을 내기 시작했다. 거짓말을 이렇게나 뻔뻔스럽게 하는 놈에게 어떻게 운전대를 맡길 수 있겠냐는 것이었다.

그때야 나는 황급히 뻔뻔함을 걷어냈다. 뒤늦게 얼굴이 화끈거렸다. 뭔가 잘못되고 있음을 깨달았을 땐 이미 늦은 뒤였다.

거짓말이 준 행운

대책 없는 거짓말은 그렇게 들통이 나버렸다.

하기야 목숨을 담보하는 운전을 아무에게나 맡길 수는 없는 노릇이지 않은가. 게다가 군대에서라면 더더욱 말도 안 되는 일이었다. 나는 뒤늦게 내가 무리수를 둔 걸 깨달았다.

어떤 수를 써서라도 운전을 배우고 싶다는 욕심이었는데, 생각처럼 통하지 않았다. 그때 머릿속이 빠르게 회전했다. 아직은 판을 접을 때가 아니었다. 속옷에 숨겨온 오백 원이 떠올랐다. 어머니가 몰래 챙겨준 돈이었다. 필요한 일이 생길까 싶었는데, 바로 지금 써야 할 것 같았다.

"살려주십시오." 내 스스로 생각해도 어이가 없었지만, 입 밖에 나온 말은 살려달라는 말이었다. 용서해 달라거나 죄송하다는 말이 아니었다. 지금 세상에선 어림없는 소리지만, 나는 급박한 마음에 뇌물을 건넸다. 그토록 절박했다. 내게는 운전도 꼭 배워야 할 커다란 기술이었다. 오백 원을 몰래 건네주면서 사정사정했다. "제가 운전을 꼭 배워야 합니다."

그러자 딱딱하게 굳었던 얼굴이 살짝 펴지더니 나를 다시 쳐다

보았다. 굳었던 입술이 다시 열렸다. 진심을 담아 그에게 호소했다. 꼭 운전을 배우고 싶다고, 반드시 배워야 한다고 애원했다. 목숨을 걸고 하는 듯한 내 말에 결국 그는 고개를 끄덕이고 말았다.

서울에 올라와 일할 곳을 찾을 때만큼이나 내 마음은 간절했다. 그가 잠시 내 눈을 뚫어지라 쳐다보았다. 내가 진심이라는 건 그도 알아챈 듯했다.

이후 군사 훈련을 마치고 홍천에 있는 운전 교육대로 가게 되었다. 그곳에서 운전 교육을 받기에 이르렀다. 그다음 다시 원주로 가게 되었고 공병 부대 수송부 운전병으로 배치가 되었다. 면허증은 고사하고 차에 시동도 걸어보지 못한 내가, 세상에 존재하지도 않는 오 종 면허 덕분에 운전병을 할 수 있게 되었다.

넉살 하나로 운전을 배우게 되었으니, 이런 걸 두고 운명을 개척했다고 할 수 있지 않을까. 지금 생각해 보면 그때 어떻게 그토록 뻔뻔할 수 있었던 건지 알 수 없다. 오 종 면허. 두 번 다시 엄두도 내지 못할 순발력을 발휘한 순간이었다.

아직 철없던 이십 대의 객기 어린 에피소드를 하나 더 말씀드리고 싶다. 단! 지금 세대는 절대 따라 하지 말라는, 흉내도 내지 말라는 말도 덧붙이겠다.

당시는 지금처럼 라인이 만들어져 면허를 따는 방식이 아니었다. 코스마다 나무로 된 봉을 세워놓고 면허 시험을 치렀다. 그렇다고 시험이 만만한 건 아니었다. 게다가 당시엔 지금처럼 시험이 매일 치러지는 게 아니었다. 일 년에 한 번밖에 없을 정도로 시험이 드물었다. 그 시험에 떨어지면 일 년을 기다려 다시 시험을 봐야 했다. 그리고 시험장도 내가 있던 원주가 아니라 춘천이었다. 어렵사리 춘천까지 가서 시험을 치러야 했다.

면허 시험도 내게는 엄청난 도전이라서 많이 긴장했다. 오 종 면허가 있다고 큰소리 뻥뻥 치던 기백은 어디로 달아났는지 온 몸이 덜덜 떨렸다. 그래서 나는 근처 포장마차에 가서 대낮부터 막걸리를 들이켰다. 갓 스물이 된 청년의 호랑이 같던 기백도 시험 앞에서는 속수무책이었다. 나는 만취한 상태에서 시험을 보았다. 그런데 철로 된 봉을 조금도 벗어나는 일 없이 너무 잘 본 게 아닌가. 나는 그렇게 음주 시험으로 어렵사리 면허증을 딸 수 있었다. 다시 말하지만 여러분들이 절대로 따라 해서는 안 될 일이다.

면허증을 손에 받아 드니 학사모라도 쓴 것처럼 뿌듯했다. 내가 처음으로 딴 자격증이었다. 제대하면 이 면허증을 갖고 할 수 있는 일이 많을 거라는 예감이 들었다. 어쩌면 면허증을 받아 든 그때 비로소 내 인생이 제대로 궤도를 타고 운행을 시작한 것인지도 모른다. 오 종 면허. 뻔뻔한 거짓말이지만, 내 삶을 위한 방법이었다. 물론 그 무모한 거짓말로 누군가 손해를 보게 될 것 같았으면, 절대로 하지 않았을 것이다.

노동 강도를 보자면, 운전병이 결코 만만한 일은 아니다. 하지만 군에 들어가기 전 별의별 고생을 한 때문인지 그저 즐거운 일로 여겨졌다.

이후 운전을 하며 자연스럽게 차에 대한 관심을 갖게 되었다. 시동이 걸리는 소리가 심장이 울리는 소리로 들렸다. 차가 달려가는 소리가 씩씩하게 뛰어가는 달음질 소리로 들렸다. 어쩌다 아무도 태우지 않고 혼자 운전을 하게 되면 한껏 목청을 높여 소리를 질러보곤 했다. 뭔가 이뤄냈다는 생각에 가슴이 벅차올랐다. 군을 제대하더라도 이제 두려울 게 없다고 생각했다.

휴가를 나올 때도 눈에 들어오는 건 온통 차뿐이었다. 서울에서 자신의 차를 끌고 다니는 사람들을 볼 때면 그렇게 부러울 수가 없었다. 마치 다른 나라에서 온 사람처럼 보일 지경이었다. 시골에서는 꿈도 못 꾸는 일이었다. 어떤 차가 좋은 차인지, 왜 사람들이 차를 좋아하는 건지, 한 번도 생각해 본 적이 없는데 운전을 하면서 처음으로 이러한 고민을 하게 되었다.

　군대에서 있었던 에피소드를 하나 덧붙이고 싶다. 지금 같아선 큰일 날 일이지만, 그땐 젊은 혈기로 이런 객기도 부렸다. 한 번은 군대 동기들이 놀러 나가자고 했다. 내가 운전병이니 다른 군인들보단 자유롭게 차를 갖고 나갈 수 있던 참이었다. 마침 일도 없던 터라 주번 사령관 차에 친구들을 태우고 놀러 나갔더랬다. 그런데 그날 일이 터졌다. 새벽 네 시쯤 부대로 복귀하는데 사방에서 총이 나를 겨누고 있는 거였다. 주번 사령관이 나를 기다리고 있었다. 무슨 일인지는 모르지만, 큰일이 나도 크게 났다 싶어 손을 들고 달달 떨고 있는데 주번 사령관이 권총을 뽑아 들고 내 머리에 갖다 대었다. 하마터면 죽을 수도 있는 상황이었다. 알고 보니 그날은 김신조가 북에서 내려온 날이었다. 그것도 모르고 나는 주번 사령관 차를 끌고 나가 친구들과 밤새워 놀았으니 그의 눈에 내가 어찌 보였을지는 불보듯 뻔하다.

택시를 빌려 운전하다

그렇게 3년이 지난 다음 1965년에 스물 다섯의 나이로 제대했다. 결코 짧지 않은 시간이었지만, 어쩌면 목표한 걸 가장 빠르게 이뤄낸 때였던 것 같기도 하다. 군 생활 내내 운전한 덕에 그리 힘들지 않게 군 생활을 할 수 있었다. 넉살과 배짱으로 얻은 대가였다.

어린 나이에 서울에 올라와 풍파를 겪으며 알게 모르게 넉살이 늘어난 것인데, 역시 '탓' 아닌 '덕'이었다. 어릴 때의 나는 대부분의 것들은 운명이라고 생각하고 살았다. 하지만 살아가며 생각이 바뀌었다. 내가 어떻게 행동하고 움직이느냐에 따라 운명도 얼마든지 달라질 수 있는 것이다.

다시 찾은 서울은 몇 년 사이 또 변해 있었다. 시골은 한참이 지나도 그대로인데 서울이라는 도시는 무엇이든 속도가 빨랐다. 군에 가 있는 동안 없던 건물이 생기고 처음 보는 도로가 곳곳에 만들어져 있었다. 전에 보이지 않던 새로운 가게도 여기저기에 자리해 있었다. 한강변도 이전과 매우 다르게 변화되고 있었다. 아니나 다를까 조금만 지나면 한강 곳곳에 다리가 설치될 거라며 신문에서 떠들어댔다. 말만 들어도 멋진 풍경이 상상되었다. 한강 다리를 끝없이 이동하는 차를 떠올려 보았다. 상상만으로도 너무나 근사했다.

처음 서울에 올라왔던 때가 떠올랐다. 망망대해 같았던 서울역 앞 광장. 제각기 목적한 곳으로 떠나는 많은 사람을 보며 나도 목적지가 있으면 좋겠다고 생각했다. 하지만 나는 여전히 갈 곳이 없었다. 다행이라면 군 생활로 다져진 패기가 있었다는 것이다. 그리고 무엇보다 이제 나는 어엿한 어른이었다. 서울의 한복판에 서서 보니 도시는 전보다 더 반짝였다. 서울의 광채가 내 앞날도 환히 비춰 주면 좋겠다고 생각했다.

군을 제대한 이후로도 마냥 순조로웠던 건 아니었다. 그래도 여기저기로 돌아다니면서 좋은 일자리를 찾기 위해 부단히 애를 썼다. 모르는 건 사람들에게 스스럼없이 물어보았다. 군 생활을 통해 한층 넉살이 좋아져 두려움이 없었다.

그러다 서울역 인근에서 차를 타볼 수 있다는 말을 들었다. 그때부터 작은 일이라도 해서 돈이 벌리면 무조건 서울역으로 향했다. 당시 서울역에 가면 새벽에 일하는 기사들이 있었다. 그들에게 오백 원을 내면 한 시간 동안 차를 타볼 수 있었다. 운전 실습도 할 수 있었다. 서울 지리를 익히는 건 덤이었다.

지금이라면 불법이기도 하고 큰일 날 일인데, 그때는 그게 가능했다. 지금의 렌터카처럼 말 그대로 돈을 주고 정해진 시간 동안 빌려 타는 거다.

무엇보다 나는 군에서 운전 경력이 있었고 면허증도 취득한 상태라서 차주들이 크게 걱정하지 않았다. 또 새벽에는 도로도 한산해 가능한 일이었다. 물론 혼자 타고 다니는 건 아니었다. 옆에서 시간이 되는 차주가 함께 동행했다. 지금으로 말하자면 일종의 연수를 받은 셈이었다.

운전 실력도 늘고 서울 지리에도 밝아졌을 무렵이었다. 고향 선배를 우연히 만났다. 선배는 내게 대뜸 운전할 줄 아느냐고 물었다. 군에 들어가서 면허를 따게 된 일화부터 결국 운전병으로 일하게 된 일화를 들려주었더니 배꼽을 쥐고 웃어댔다. 나의 솔직한 이야기가 마냥 재미있던 모양이었다. 그걸로 충분하다는 말에 무슨 일인지 궁금했다. 날짜를 일러주고 자신을 찾아오라고 했다.

찾아가 보니 고향 선배는 택시 운전을 하고 있었다. 아마도 운전을 업으로 삼고 있던 터라 내가 해준 군대 이야기를 재미있게 들었구나 싶었다. 고향 선배가 잠시 쉬는 동안 택시를 몰고 나가보라고 했다. 난데없이 택시라니, 왠지 모르게 호기심이 발동되었다. 그냥 운전이 아니라 차에 손님을 태우는 일이지 않은가. 시동을 거는 순간, 왠지 모르게 두근거렸다. 아마도 택시라서 그런 모양이다. 알고 보면 같은 자동차일 뿐이지만 말이다.

고향 선배가 영업을 쉬는 점심시간 동안 내가 대신 차를 몰기로 했다. 한두 시간 일해주고 오십 원 정도의 식대를 받는 조건이었다. 그렇게 해서 나는 처음으로 택시 영업을 하게 되었다.

서울의 도로에 들어섰다. 쌩쌩 달리는 차와 함께 도로를 달리는 기분은 군에서 차를 운전할 때와는 전혀 달랐다. 도시 한복판에서 내가 차를 몰고 있다니 믿을 수 없었다. 첫 손님도 맞이했다. 택시에 올랐을 때 친절한 기사를 만나면 손님의 기분이 좋아진다는 걸 잘 알고 있었다. 어서 오라며 반갑게 맞이하고 잘 가라고 웃으며 인사하니 손님도 덩달아 유쾌해졌다.

택시를 몰아보며 차츰 일을 배워갔다. 선배는 내게 손님이 택시 문을 열고 들어설 때는 어떤 말을 우선 건네야 하는지, 어떤 표정을 지어야 하는지 가르쳐 주었다.

아버지에게 낫 기술을 배울 때처럼 하라는 대로만 했다. 짓궂은 손님이 택시에 오르더라도 화를 내면 안 되었고 신호를 어기는 것 역시 절대 안 되는 일이었다. 손님을 대하는 건 허투루 배워서는 안 될, 굉장한 기술이라는 걸 알게 되었다. 사람과 사람의 관계 역시 공

들여 익혀야 할 기술 중 하나였다. 세상에서 가장 중요한, 누구나 배워야 하는 기술이었다. 택시를 타는 손님이 계속 바뀌기 때문에 누구보다 빠르게 상황을 읽어내는 것이 중요했다. 순발력을 발휘하는 것도 엄청난 기술 중 하나였다.

택시는 내 적성에 잘 맞았다. 정말 다행이었다.

서울에 올라와 처음 택시에 올라 탔던 순간이 떠올랐다. 막무가내로 타게 된 택시였지만, 기사님은 정말 친절했다. 그래서 잊을 수 없었다. 비록 얼굴은 기억나지 않지만, 내게 택시에 대해 좋은 이미지를 갖게 해준 사람이 바로 그 기사님이었다.

그런데 군에서 운전을 배운 일이 이렇게 운명처럼 택시 운전으로 이어지게 될 줄이야. 한 치 앞도 모르는 게 인생이라더니 딱 맞는 말이었다. 군에서는 포장도 안 된 땅을 주로 운전하고 다녔다. 거칠고 고르지 않은 땅에서 훈련을 쌓다 보니 서울 도심의 도로를 달리는 일은 식은 죽 먹기였다. 차를 빌려준 기사도 능숙하게 운전하는 나를 무척 마음에 들어 했다.

물론 운전에 능숙하다고 해서 자만하지 않았다. 자신감이 넘치면 자만에 빠지기 십상이다. 운전이야말로 자만하면 안 된다. 운전대를 잡는 순간부터 단 한 순간이라도 한눈팔면 안 된다는 게 나의 소신이다. 예나 지금이나 세상 그 누구에게라도 운전에서 안전만큼 중요한 건 없다고 생각한다.

안전한 운전은 사람을 편리하게 이동시켜주지만, 반대로 위험한 운전은 순식간에 사람의 소중한 목숨을 앗아갈 수 있다. 단 1초만 한눈을 팔아도 자칫 내 목숨뿐만 아니라, 남의 목숨도 위태롭게 만드는 게 바로 운전이다. 나는 처음 운전을 배울 때부터 첫째도 안전, 둘째도 안전이라는 생각을 잊어본 적이 없다.

처음에는 다음과 같이 일이 진행되었다. 고향 선배가 쉬는 시간이 내가 일하는 시간이었다. 물론 버는 돈의 많은 몫이 그의 것이었다. 그쯤은 상관없었다. 아무래도 좋았다. 약소했지만, 오십 원이라는 식대를 받았으니 끼니는 거를 일이 없었다. 나는 좋아하는 운전을 할 수 있어 좋았고 그는 쉬면서도 돈을 벌 수 있으니 좋았다. 서울의 구석구석까지 지리도 익힐 수 있으니 또 좋았다. 당장은 번듯하거나 어엿한 직업이라고까지 할 수는 없었지만, 그 분야로 내가 나아갈 수 있을 거라는 기대가 생겼다. 여기서 내가 무언가를 더 잃을 건 없었다. 일단 얻을 수 있는 것만 생각하기로 했다.

내게도 택시가 있으면 얼마나 좋을까 싶었다. 그러나 서두르지 않았다. 서두른다고 되는 게 아니었다. 서울에 올라와 산전수전을 경험하며 인내라는 값진 교훈을 얻었다. 어떤 일이든 서두르는 것보다는 쉬지 않고 성실하게 익히는 게 훨씬 중요했다. 세상은 꿈꾸는 자의 것이었고 꿈은 성실한 자만이 이룰 수 있는 목표였다. 어쩌다 힘든 하루를 못 이기고 술에 취한 채로 잠든 적도 있었지만, 좌절하거나 절망하지는 않았다. 언젠가는 내게도 반드시 좋은 날이 올 거라고 믿었다. 나는 이렇게나 젊은데 뭐가 걱정이냐며 매일매일 스스로를 북돋웠다.

택시기사가 되었습니다

그러던 어느 날, 일명 '차주 아줌마'로 불리는 분과 인연이 되었다. 인맥이 넓어진 셈이다.

고향 선배가 나를 불러다 앉혔다. 무슨 일인가 했는데 본격적으로 택시기사가 되어보는 게 어떻겠냐고 했다. 바로 그때부터였다. 일이 조금씩 풀리기 시작한 것은.

이제야 기회가 온 거구나 싶었다. 나는 적은 몫을 받으면서도 고향 선배의 택시를 운전하는 동안은 성실하고 안전하게 일을 했다. 그 모습과 태도에 선배가 나를 좋게 본 모양이었다. 내 운전 솜씨라면 어디에 가더라도 충분히 일할 수 있다고 말했다.

고향 선배는 나를 데려가더니 한 운수 회사의 대표라는 여성을 소개해 주었다. 처음에는 차를 소유하고 있는 사람인가 생각했는데 그건 아니었다. 당시에는 차를 몇 대 빌려서 운수업을 하는 사람들이 있었다. 그 사람들을 가리켜 차주라고 불렀다. 내 경우엔 차주가 여성이라 차주 아줌마라고 불러주었다.

당시에는 그런 영업이 성행했다. 월세로 차를 빌려 차로 가능한 일을 하는 방식이었다. 차가 있는 사람은 차를 빌려줘 돈을 벌었고 차가 없는 사람은 차를 월세로 임대해 영업했다. 임대한 차를 운전하는 기사를 쓰는 것은 임차인의 자유였다.

당시는 자신이 소유한 차로 영업을 하는 기사가 많지 않았다. 지금처럼 차를 쉽게 사기도 힘들었고 차가 많던 시대도 아니었다.

서울에서조차 누구누구네가 차를 샀더라고 하는 이야기를 듣는 게 흔한 일이 아니었다. 피아노 한 대만 집에 들여놓아도 다들 신기하게 쳐다보던 때였다. 얼마나 부잣집이면 피아노를 다 들여놓을까 생각했더랬다. 그러니 자동차를 산 집이라고 하면 그 동네에서는 모르는 사람이 없을 정도였다. 게다가 값비싼 차를 샀다고 하면 더 볼 것도 없이 무조건 부잣집이라고 여겼다. 그 당시에 차라고 하는 것은 그 사람의 부와 지위를 뜻하는 주요한 상징이었다. 차 하나만으로도 큰 신용을 얻을 수 있었고, 값비싼 차를 갖고 있으면 명함이 따로 필요 없었다.

내가 소개받은 차주 아줌마는 마침 사업을 확장하려던 참이었는지 운전을 해줄 사람이 더 필요하다고 했다. 처음 임대차 영업에 대한 개념을 들었을 땐 만나게 될 차주가 남자 사장님일 거라고 예상했다. 그런데 막상 만나 보니 여자 사장님이라서 놀랐다. 당시만 하더라도 여자들이 사회 일선에서 일하는 것은 많지 않았던 때였다. 더욱이 회사의 대표로 일하는 경우는 더욱 드문 일이었다.

인사를 건네자 반갑게 나를 맞이해 주었다. 차주 아줌마를 보자마자 그가 나를 필요로 하는 게 느껴졌다. 나에 대해 어느 정도는 들은 이야기가 있는 듯했다.

확인 차원에서 내게 운전을 잘하느냐고 물었다. 내가 고개를 끄덕이며 그렇다고 하자 함께 차로 시내를 돌아보자고 했다. 시동을 거는 모습부터 운전대를 돌리는 모습 그리고 주차에서 신호를 지키는 모습까지 나의 운전을 꼼꼼하게 살폈다.

테스트 차원에서 차를 몰고 시내를 한 바퀴 돌았는데, 차주 아줌마는 안정감 있게 운전을 잘한다며 나를 추켜세웠다. 표정을 보니 매우 만족해하는 얼굴이었다.

나는 다른 건 모르지만, 운전에 대해서만큼은 자신이 있었다. 군에서 무려 오 종 면허증이 있다고 인정받은 사람이 아닌가 말이다. 차를 몰고 나가기 전, 군에서 있던 이야기를 해주자 차주 아줌마도 큰소리로 깔깔 웃었다. 일종의 면접시험이었는데 화기애애한 분위기 가운데 어렵지 않게 통과할 수 있었다.

내가 운전하는 솜씨를 확인하고 차주 아줌마는 들었던 평판 그대로라며 좋아했다. 나 역시 신뢰를 줄 수 있어 기뻤다. 차주 아줌마에게는 사고를 내지 않고 안전하게 운전해 줄 사람이 필요했다. 이미 군에서 험난한 도로를 수없이 질주했고 또 견습 기사를 하며 이미 서울의 이곳저곳을 누벼본 나는 차주 아줌마에게 꼭 필요한 사람이었다. 반면 누구보다도 운전을 잘 할 자신이 있었지만, 아직 차를 소유하지도 배차를 받지도 못한 내게는 운전할 차가 필요했다. 서로가 서로의 필요조건을 충족시킨 셈이었다.

평생의 반려자

　이후 평생의 반려자를 만나게 되었다. 택시 운전을 하며 돈을 모았고, 오래지 않아 결혼을 하게 된것이다. 그에 맞춰 집도 이사를 하게 되었다.

　그동안은 혼자만 무탈하게 살면 되었다. 하지만 어느 순간 이제는 내가 누군가를 책임져야 하는 날이 다가왔다. 결혼적령기가 되었던 거다.

　결혼은 인륜지대사라고 하지 않던가. 내 인생의 가장 큰 변화를 가져온 선택의 하나가 남준 씨와의 결혼이었다. 나는 한 번도 남준 씨를 '여보, 아내, 애들 엄마'와 같은 호칭으로 부른 적이 없다. 반려자 관계에서 역할보다는 사람 자체가 중요하다고 생각해서이다. 내가 항상 그렇게 부른 덕분에, 나와 친한 사람들도 모두 남준 씨의 이름을 안다.

　부모님은 내가 결혼적령기에 들어서자 나도 모르게 이리저리 혼담을 알아보고 다니셨다. 오래지 않아 지리산 뱀사골 마을 처자와 혼담이 오고 갔다. 부모님은 아무래도 서울 사람보다는 고향 사람이 며느릿감으로 좋다고 여기신 모양이었다. 더구나 남준 씨는 사람들이 흔히 말하는 것처럼 얼굴도 안 보고 데려간다는 딸부잣집의 야무진 셋째이기도 했다. 부모님이 남준 씨를 며느릿감으로 점찍은 건 당연지사였다.

운명처럼 혼사가 확정되고 혼삿날도 정해졌다. 하지만 일이 바빴던 나는 결혼 이틀 전까지도 고향에 내려가질 못했다. 그때 참으로 고약한 일이 생기고야 말았다.

성북동 미아리 근처에서 택시를 몰고 있을 때였다. 한 여성이 택시를 타더니 성북경찰서로 가자고 했다. 내가 먼저 물어보지도 않았는데 자신의 오빠가 경찰서에서 일한다는 등 여러 말을 늘어놓았다. 나야 승객을 안전하게 목적지에 모셔다드리면 되니 그런 말에는 신경도 쓰지 않았다. 그런데 이 여성 승객이 이상한 행동을 했다. 성북 경찰서에 내려줬더니 경찰서를 한 바퀴 빙 돌고는 그냥 곧바로 다시 택시에 탑승하는 것이다. 느낌이 싸했다. 그래도 승객이 원하는 대로 다시 태워주고 어디를 가시겠냐 물으니 더욱 가관인 답을 했다. "드라이브를 하고 싶어요."

순진했던 나는 그 여성이 내게 작업을 거는 건지도 모르고 차를 몰았다. 마침 남산 순환도로가 처음으로 생겼을 때였다. 드라이브를 하고 싶다는 승객의 바람대로 순환도로를 타주었다. 그런데 갈

수록 요구가 이상해졌다. 리라초등학교 뒤에서 바로 장천동으로 빠지는 길이 있었는데 그리로 가자는 게 아닌가. 그래도 원하는 대로 가주었다. 그런 다음엔 갑자기 데이트 모드를 조성하기 시작했다. 당황해서 어찌할 바를 모르고 있는데 마침 잠복하고 있던 경찰이 바로 택시를 덮쳤다. 당시엔 통행금지가 있었을 때였다. 경찰은 통행금지 위반으로 나와 승객을 잡아들였다. 여성 승객의 요상한 요구를 홀린 듯 받아들이다 파출소까지 가게 된 거였다.

당시 파출소에 잡힌 사람들은 경찰서로 이송되는 경우가 많았다. 닭장차가 파출소마다 돌면서 사람들을 경찰서로 송치시키는 것이었다.

내가 잡혀있던 장충동 파출소에도 닭장차가 도착했는데 그 여성이 갑자기 벌벌 떨면서 쓰러졌다. 나중에 알고 보니 꾀병을 부린 것이었지만, 당시 경찰관들은 급하게 나에게 택시를 몰아 여성을 병원으로 옮기라고 했다. 덕분에 바로 경찰서로 이송되지는 않았다. 병원에 도착하자 간호사들이 주사를 몇 번 놓아보더니 꾀병인 것이 들통났다.

다시 파출소로 돌아오니, 경찰관이 여성의 가방에서 나온 '혼인 빙자 간음죄'에 대한 합의서들을 나에게 내밀어 보여주었다. "당신,

큰일 날 뻔했어."라면서. 여성은 이전에도 이런 방식으로 사기를 저질러 왔고 이번에는 나를 먹잇감으로 노리고 택시에 올라탔다는 것을 알게 되었다.

간담이 서늘해졌다. 동시에 든 생각은 하루라도 빨리 고향으로 내려가 혼사를 치러야겠다는 거였다. 얼른 결혼해야 이런 불미스러운 일에 엮이지 않겠다는 생각이 들었다. 좋은 일을 앞두면 악재가 끼기 마련이라는데, 나는 그 여성 승객과의 일을 앞으로의 행복한 결혼 생활을 위한 액땜으로 여기기로 했다.

그렇게 나는 황당한 사건을 겪은 다음에 고향에 내려가 남준 씨와 백년가약을 맺게 되었다. 고향에 내려가며 남준 씨를 위해 일명 삐딱구두로 불리던 하이힐 한 켤레를 선물로 사 갔다. 그런데 남준 씨는 그때까지 하이힐을 신어본 적이 없는 사람이었다. 하이힐을 신고 휘청거리던 남준 씨를 부축해 다방 계단을 올라가던 기억이 아직도 눈에 선하다.

남준 씨는 시골에서 자라 연탄이 무언지도 모르고, 연탄불을 본 적도 없었다. 그야말로 순박하고 순진한 시골 처녀였다. 마음씨마저 착했다. 마음이 비단결 같다는 말이 무슨 의미인지 몰랐는데, 남준 씨를 보고 깨달았다. 그때만 해도 부모가 등 떠밀어 시집 보낸다고들 했는데, 남준 씨가 그랬다. 지금처럼 소개팅을 통해 소개받아서 연애하다가 결혼한 건 아니었다. 서로에 대해 아무것도 모르는 채로 결혼 생활을 시작한 거다.

내가 과연 결혼할 수 있을까 생각한 적이 많았다. 결혼하기 전에 이뤄야 할 일도, 해놓아야 할 일도 많다고 생각했기 때문이었다. 하지만 남준 씨를 보고 난 다음 결혼에 대한 생각이 바뀌었다. 누군가 곁에 있어 나를 지켜주고, 내가 그 누군가를 지켜준다면 나는 그 사람과 더불어 더욱 열심히 살 수 있을 거라는 생각이 들었다. 또 아이들이 생긴다면 책임져야겠다는 마음이 생길 테고, 그 마음은 다른 무엇보다도 내 인생에 가장 값진 게 될 거란 확신이 들었다. 더는 결혼을 미루고 싶지 않았다. 그게 다 남준 씨를 만난 덕이었다.

세상에 태어나 가장 잘한 일을 꼽으라고 누가 물어본다면, 나는 주저하지 않고 말할 수 있다. 두 번째로 잘한 일은 바로 남준 씨를 만난 것이다. 그리고 첫 번째로 잘한 일은 바로 남준 씨와 결혼한 것이다. 남준 씨는 하늘이 맺어준 나의 소중한 운명이다. 남준 씨 덕분에 나는 지금의 소중한 가족을 이룰 수 있었다.

전셋집의 마련

　이후, 비록 산꼭대기였지만, 나와 남준 씨가 살 수 있는 전셋집
도 마련해 옮겼다. 혼자 살 때는 어떻게 살아도 상관없었고 불편은
홀로 감수하면 그만이었다. 그런데 결혼하고 보니 그게 또 아니었
다. 무엇이든 남준 씨가 함께 감수해야 했기 때문이었다. 새벽에 영
업을 나가 한밤중에야 돌아오는 남편을 두고 남준 씨는 친인척 하
나 없는 낯선 서울에서 외롭고 힘들었을 것이다. 그러나 남준 씨는
늘 괜찮다고 내게 말해주었다. 괜찮지 않다는 걸 내가 모를 수가 없
었다. 지금 생각해도 내내 곁을 지켜준 남준 씨에게는 그저 고마울
따름이다.

　말이 좋아 전셋집이지 전에 혼자 살던 집보다 조금 더 커지고
부엌이 생겼을 뿐이다. 불편함은 크게 달라지지 않았다. 당시 전세
가가 이만 원이었다. 초라한 집에 살게 되어 남준 씨에게 너무 미안
했다. 번듯한 집도 아닌데다 하필이면 한참 오르막길을 올라가야
있는, 말 그대로 언덕 위에 있는 집이었다.

　물을 한 번 쓰려면 먼 곳까지 가야 했다. 지금처럼 가게에 가서
편히 살 수 있는 것도 아니었다. 언덕을 한참 내려가면 동네 사람들

이 모두 이용하는 공동수도가 설치되어 있었다. 문제는 공짜가 아니라는 것이었다. 우리도 별수 없이 돈을 내고 물을 사다 먹어야만 했다. 돈은 둘째 치고라도 물이 무겁다는 것이 문제였다. 당연히 한 번에 많이 사올 수가 없었다. 도리 없이 물을 쓰기 위해 자주 언덕을 오르내려야만 했다. 쌀도 마찬가지였다. 지금이야 쌀이 남아돈다지만, 그때는 쌀이 정말 비쌌다. 무거운 것도 문제였지만, 값이 비싸니 작은 봉지에 담아 파는 쌀을 사다 먹곤 했다.

화장실도 집에서 한참 떨어진 공동화장실로 다녀와야만 했다. 당시엔 개인 화장실을 따로 갖고 있는 집이 많지 않았다. 그런 집에서 산다면 다들 부러워 했다. 작은 집이라도 자가로 소유한 사람은 서울 안에서도 성공한 축에 들었다. 하물며 자기 차를 소유한 사람은 무조건 부자로 인정되었다.

게다가 우리가 살던 집은 야무지게 지어지지 못했던 터라 부엌 문만 열면 안방이 보였다. 꽃 같은 새색시가 종일 혼자 지내는 걸 어찌 알고는 동네 불량배들이 집을 엿보려 했다. 조바심이 들어 나는 하루에도 몇 번씩 택시를 몰다가 집으로 되돌아가곤 했다. 집을 엿보려 드는 불량배들을 쫓아내기 위해서였다. 나와 남준 씨는 그런 시절을 겪으면서도 잘 살아냈다. 남준 씨에게 고마울 따름이다.

나중에야 듣고 무척 가슴 아파했던 이야기가 있다. 신혼 시절, 남준 씨는 내가 택시를 몰러 나가면 굶기 일쑤였다는 것이다. 쌀 한 봉지도 사오기가 여의치 않았던 때라 나 몰래 굶기를 버릇처럼 했던 모양이다. 지금 생각해도 남준 씨에게 한없이 미안하다.

그럼에도 내게 신혼 생활은 천국이나 다름없었다. 골목에서 거죽을 덮고 자고, 겨우겨우 음식을 얻어먹던 시절에 비하면 남준 씨와의 생활은 호화롭다고까지 할 수 있었다. 하지만 남준 씨는 나와 분명 달랐을 것이다. 게다가 이후 전셋집을 몇 번이나 옮겨 다녀야 했다. 처음에는 몇 번이나 이사했는지 손가락으로 꼽아보곤 했는데 어느 순간부터는 몇 번을 다녔는지 헤아릴 수도 없을 지경이 되었다. 최선을 다해 열심히 일하며 성실하게 돈을 모았지만, 크고 넉넉한 집을 살 형편까지는 되지 못했다. 전셋집이라도 마련해 월세살이를 면할 수 있었던 것만 해도 당시로선 큰 행운이었다.

남준 씨는 모든 걸 감수하고 살아주었다. 아니, 잘 견뎌주었다고 해야 옳겠다. 언덕을 수없이 오르내리느라 힘겨웠을 텐데도 한 번도 타박이라는 걸 한 적이 없었다.

여러 번 집을 옮겨 다니면서도, 전혀 불평을 늘어놓은 적이 없었다. 있으면 있는 대로, 없으면 없는 대로 인내하며 살았다. 만약 그때 남준 씨가 견뎌주지 않았더라면 지금의 나는 존재할 수가 없다.

　다른 사람들에게는 별별 소리를 다 늘어놓으면서도 남준 씨에게는 쉬이 하지 못하는 말이 더 많다. 젊은 시절, 남준 씨에게 함께 해줘 고맙다고, 당신이 곁에 있어 주었기에 내가 견디고 사는 거라고 말 한마디 못한 게 후회스러운데, 이 어리숙함은 왜 못 버리는 건지. 지금도 남준 씨에게는 고맙다는 말을 하는 게 영 민망하다. 사랑한다는 말을 하는 건 더 어렵다. 요즘 젊은이들은 수시로 사랑한다는 말을 하던데. 그렇다고 크게 걱정하지는 않는다. 내가 얼마나 자신을 아끼고 사랑하는지 남준 씨는 이미 잘 알고 있다. 나 혼자만의 착각이라고 해도 별수 없다. 남준 씨를 처음 본 순간부터 지금까지 내내 사랑해 왔고 지금도 열정적으로 사랑하며 앞으로 죽는 순간까지도 뜨겁게 사랑할 것이다. 십 년이면 강산이 변한다지만, 남준 씨를 사랑하는 내 마음은 백 년이 지나도 절대 변하지 않으리라.

　남준 씨가 견뎌준 덕에 우리는 젊은 시절을 잘 살아낼 수 있었다. 우리 부부는 보증금 이만 원 짜리 전셋집에서 시작했지만, 나이 서른 살 즈음엔 칠백만 원 하는 한옥집을 자가로 장만하게 되었다. 남들보다 훨씬 빠르게 내 집 마련을 할 수 있었다. 남준 씨가 나와 함께 해준 덕이었다.

남사스럽지만, 한 마디 덧붙이고 싶다. 내 휴대전화의 화면엔 나와 남준 씨가 찍혀 있다. 나중에 이사하게 된, 그리고 지금도 온 가족과 함께 살고 있는 북아현동의 우리 집 정원에서, 아름드리 소나무와 탐스런 영산홍 꽃들을 배경을 찍은 사진이다. 사진 속에서 남준 씨와 나는 서로를 마주 보며 와인잔을 건배하고 있다. 남준 씨, 고맙고 사랑해. 책에서나마 이 말을 마음 다해, 그리고 힘주어 전하고 싶다.

6장.
첫 사업의 흥망(興亡)

" 사람들에게 나라는 사람에 대한 믿음을 주고 싶었다. 이후 사업의 영역이 크게 확장되고 더 많은 직원들과 일하게 되었지만, 믿음에 대한 그 마음과 다짐은 결코 변하지 않고 지금까지 지속되고 있다. "

스스로 장만한 첫 택시

집은 마련했지만, 정작 일하다 보면 귀가하지 못하는 경우가 잦았다. 수시로 차 뒷좌석에서 몸을 구부리고 자야 했던 시절이었다. 통행금지가 풀릴 시간에 맞춰 새벽 영업을 뛰기 위해서였다. 고생스럽지만, 언젠가 내 차를 사고 내 사업체를 운영하겠다는 꿈 하나로 버티던 시절이었다.

그 당시 차주 아줌마가 오십 만 원짜리 계를 들었다. 그리고 내게도 계를 들어보지 않겠느냐고 권했다. 나는 며칠을 망설였다. 내게는 아주 큰 돈이었기 때문이었다. 그리고 은행도 아니고 차주 아줌마에게 돈을 맡긴다는 게 께름칙했다. 게다가 당시엔 곗돈을 둘러싼 사고가 끊이지 않던 때이기도 했다. 계가 깨져서 가정과 사업체가 풍비박산나는 경우도 허다했다. 하지만 차주 아줌마는 내 상 사이기도 했거니와 제법 야무지고 요령있게 돈을 굴리는 사람이었 다. 결국 차주 아줌마를 믿고 계주에게 돈을 맡기기로 했다. 그렇게 차곡차곡 곗돈을 부어나갔다. 차주 아줌마는 이미 계를 이용해 돈 을 크게 불리고 있던 터였다. 세상에는 돈을 버는 수많은 방법이 존 재한다는 걸 그때 또 한 번 배웠다.

물론 나의 당시 형편으로는 오십만 원이나 탈 수 있도록 계를 들 수는 없었다. 곗돈은 매달 얼마큼의 돈을 넣고 자신의 순서가 되 면 받는 식이다. 그래서 나는 다른 사람들의 반만 곗돈을 부어 이후 이 년이 지나면 이십오만 원을 받기로 했다.

당시엔 이십오만 원도 결코 적은 돈이 아니었다. 이 년 뒤를 기 약하며 한푼 두푼 아껴가며 곗돈을 부었다.

그렇게 인내하다 보니 어느덧 이십오만 원이라는 돈이 내게 들 어왔다. 그간 따로 모아 놓은 삼만 원을 더해 이십팔만 원을 손에 쥐 게 되었다.

목돈이 생겼지만, 그 돈으로 무엇을 해야 할지 크게 고민하지 않았다. 애초 목표한 걸 바꿀 생각이 없었다. 이십팔만 원으로 육십 구 년식 택시를 사기로 작정했다. 차 번호도 아직 잊히지 않는다.

'아영산업 457'이다. 처음으로 내 소유의 택시가 생긴 거다. 그렇게 택시 영업이 시작되었다.

　처음 한 대로 시작한 택시가 상당한 수익을 만들어 내기 시작했다. 나는 운전에도 능숙했고 손님 응대에도 나름의 요령을 갖고 있었다. 군 시절에도 운전병으로 일하면서 자주 간부들을 모시고 이동하곤 했는데, 그렇게 해서 당시 가외로 용돈도 많이 받았다. 까다롭다는 군 간부들도 내게 자주 지폐를 꺼내 주곤 했다. 아마도 내가 서울에 올라와 산전수전을 겪는 동안 나름대로 사람들의 기분을 잘 맞춰주는 재주를 갖게 되었던 모양이다.

　택시 한 대로 시작한 영업의 범위가 점차로 확대되고 이익도 늘어나기 시작했다. 나의 가장 큰 무기는 다름 아닌 성실과 근면이었다. 차곡차곡 돈을 모으고 허투루 쓰지 않았다. 또한 언제나 계획한 대로 움직였다. 머릿속엔 늘 다음에 무엇을 할지, 어떻게 움직일지 계산이 되어 있었다. 목적을 이루기 위해서 조금도 한눈팔지 않았다.

　차가 한 대 두 대 늘어나기 시작하자 부리는 기사들도 늘었다. 다섯 대가 되고 나니까 여섯 대로 늘어나는 건 금방이었다. 불과 몇 년 만에 이뤄낸 성과였다.

　그때부터 다른 것은 생각지 않았다. 택시업계로 뛰어든 이상

무엇이라도 이루어야 한다고 생각했다. 군에서 내내 운전했었고 서울 전역을 떠돌며 생활을 해왔던 터라 복잡한 서울 지리에도 누구보다 익숙했다.

그렇게 몇년간 순조롭게 이어졌다.

택시기사 일은 적성에도 잘 맞았고 돈을 버는 재미도 있었다. 지금이야 대부분 신용카드로 결제하지만, 그때는 모두 현금으로 택시비를 치렀다. 택시에 오른 승객을 목적지에 내려주면 바로 돈을 지불한다. 이 같은 시스템은 나를 무척이나 흥분하게 만들었다. 희열이 차올랐다. 몸이 고달파도 운전대를 잡으면 신이 났다.

단지 운전만 한 건 아니었다. 운수 회사는 어떻게 돌아가는지에 대해 나름대로 공부를 시작했다. 어떤 방식으로 택시가 운영되고 어떻게 수입을 관리하며 어떻게 사람을 움직이는지 하나하나 기록하기 시작했다.

또 내가 직접 택시를 몰고 다니니 손님들이 어떤 걸 원하는지도 잘 알 수 있었다. 이른 아침 택시에 탈 때 친절한 기사를 만나면 하루가 즐겁다. 그 마음을 잘 알기에 항상 웃는 얼굴로 손님을 맞이했다. 설혹 웃으며 택시에 오른 손님이라 해도 굳은 얼굴을 한 택시기사를 보면 곧장 웃음을 지운다. 택시기사의 표정 하나가 누군가의 하루를 행복하게 혹은 불쾌하게 만들 수 있다. 승객을 기쁘게 하는 것은 단지 돈을 벌기 위한 수단이라기보다 택시기사의 사명에 가까웠다.

진심은 통하기 마련이다. 지금 택시를 운전하는 기사님들에게 늘 하는 말이기도 하다. 기사가 늘 밝은 얼굴을 유지해야 하는 건 단순히 손님을 위한 것이 아니다. 아침에 웃으며 일을 시작했을 때와 얼굴을 찡그리며 시작했을 때는 엔돌핀이 분비되는 정도가 다르다고 하지 않는가. 나는 지금도 사람들에게 누누이 말하곤 한다. 기왕 하는 일, 웃으며 하자고.

택시 운전은 매력적인 일이다. 때로는 생각지도 못한 손님을 대해야 하고, 막무가내 손님을 상대해야 할 때도 있지만, 어떨 때는 난생처음 만나는 사람과 서로 마음을 터놓고 이야기할 수 있기도 하다. 나는 운전을 하며 여러 사람을 만나 세상사를 배울 수 있었다. 고달프지 않았다면 거짓말이다. 하지만 운수업은 하는 만큼 성과를 거둘 수 있게 해준다. 내게는 천직이다.

현재도 마찬가지다. 사람들은 언론에 나오는 이야기만 보고 모든 걸 평가하기 좋아한다. 해서 많은 택시회사들이 택시기사들에게 불합리하고 부당한 대우를 한다고 여기는 경우가 많다. 그런 뉴스를 볼 때면 가슴이 아프다. 물론 일부 그런 회사들이 존재할 수도 있다. 하지만 많은 분들이 생각하시는 만큼 택시회사들이 기사들에게 불합리하게 대하는 것은 아니다. 특히 내가 경영해 온 운수 회사는 그런 문제로 아귀다툼을 벌인 적이 없다. 열심히 일하는 만큼의 수익을 가져갈 수 있는 구조를 만들어 놓았기 때문이다. 이는 다른 무엇보다도 더 내가 자부하는 부분이다.

날로 성장한 첫 사업

돈이 모일 때마다 다른 일에 쓰지 않고 한 대씩 차량을 사들였다. 그러던 중에 사고가 일어났다. 운전 사고가 아니라 인생 사고였다.

세월이 흐른 후에는 사람 관계에서, 언제 액셀을 밟아야 하는지, 또 언제 브레이크를 밟아야 하는지 알게 되었다. 하지만 초창기에는 많은 부분에서 헷갈렸다.

큰 사고가 나면 이전에 줄곧 운전을 잘했다는 건 의미가 없다. 딴 생각하느라 브레이크를 잘못 밟으면, 혹은 한눈 파느라 엑셀을 실수로 밟으면, 제아무리 운전에 능숙한 사람이라도 큰 사고로 이어진다. 세상만사 모든 일과 모든 인간관계는 운전과 매우 닮았다. 잠시도 딴생각하면 안 되었다.

삶이라는 도로 위, 인생살이 운전이 이만하면 쉬우리라 자신했는데 그게 아니었다. 비가 오는 날엔 속도를 반드시 줄여야 하듯 인생사도 마찬가지였다. 아무리 운전에 자신 있어도 어떤 날씨에는 속도를 줄이고 전후방을 살펴야 했다.

삶이라는 고속도로가 실제 내가 달리는 도로보다 훨씬 더 위험하다는 걸 깜빡 잊었다. 핑계 삼고 싶지 않다. 어느 경우이든, 안전거리를 확보하지 않은 건 내 실수였다. 생각지도 못했던 장애물이 나타나 인생을 산산조각낼 뻔했다.

차량 수가 늘어나고 택시기사도 많아졌던 때다. 매우 빠른 속도로 성장하고 있었다. 그러는 사이 차량 가격이 무척 올랐다. 나름대로 여유가 생겨 현금도 많이 갖고 다닐 수 있게 되었다.

택시를 운영하며 수많은 사람을 알게 되었다. 그 중 북아현동에서 다방을 운영한다는 사람이 하나 있었다. 그 사람은 정희 엄마라고 불렸는데 늘 많은 현금을 들고 다녔다. 당시에는 다방이 이문을 많이 남기는 장사였기에 장사가 잘 되나보다 하고 지레짐작했다. 그런데 얼마 지나지 않아 정희 엄마가 돈을 많이 버는 데에는 비단 그 이유만 있는 게 아니라는 걸 알게 되었다.

정희 엄마로부터 일일계라는 말을 처음 들었다. 계의 일종인데, 매일매일 치러진다는 거다. 정희 엄마는 종로 일대에서 일일계를 주름잡고 있었다. 그 운영자금을 벗 삼아 소위 돈놀이를 하고 있다고 했다.

처음으로 종로에 택시를 몰고 갔을 때는 그저 놀라기만 했었다. 종로 일대 다방 근처에 수많은 여자가 모여 있었기 때문이었다. 그땐 사정을 몰랐으니 왜 이리 많은 여자가 모여 있나 궁금해하기만 했는데, 정희 엄마를 통해 그 이유를 알게 되었다. 그곳에서 일일계가 이루어지고 있기 때문이었다.

곳곳에서 누군가는 일일 계를 타며 좋아했고 누군가는 곗돈을 넣으며 숙덕대었다. 수많은 사람이 모여 그러다 보니 아침마다 정신없는 상황이 벌어지기도 했다. 한눈에 봐도 만만치 않은 규모였다. 그 많은 사람을 두루 아우르는 사람이 바로 북아현동에서 다방을 운영한다는 정희 엄마였다. 번듯하게 다방도 운영하고 말주변이 좋아 그런지 믿고 따르는 사람이 참 많았다.

종로 일대를 다니다 보니 일일계를 붓는 많은 사람이 내가 모는 택시를 이용해 주었다. 그들 모두 내게는 쏠쏠한 손님들이었다. 어느 택시기사가 수십 명씩 매일 모여드는 장소를 소홀히 여기랴. 당연히 나도 그곳으로 매일 출근하다시피 했다.

늘 그랬듯 그곳에는 항상 수많은 사람이 모여 떠들어댔다. 누구라도 관심 두지 않을 수가 없었다. 나 역시도 처음에는 어깨너머로 어설프게 들었지만, 매일 그쪽을 오가다 보니 어떤 경로로 일이 이뤄지는지 파악되었다.

들어보니 일일계는 이자가 매우 높았다. 은행의 이자하고는 비교가 불가했다. 무려 칠 부 이자를 줄 때도 있었다. 그러니 사람들이 모일 수밖에. 주로 여자들이 모여들어 판을 벌였는데, 내가 돈을 빌려주면 하루만 지나도 아주 많은 이자가 붙어 돌아왔다. 원금과 이자가 공처럼 매일 굴러갔다. 그러니 모두들 정신이 팔릴 수밖에 없었다. 나도 혼이 빠질 지경이었으니 매일 출근하다시피 하던 그 많은 여자들은 어떠했으랴. 그러니 매일 모여드는 것이었다. 오로지 돈에 대한 이야기밖에 없는 곳이 바로 일일계 모임이었다.

아무렴 어떠랴. 나야 돈 빌려주고 그만큼의 이자를 받으면 그뿐이라고 생각했다. 택시 요금은 늘 현금으로 받았기에 내 수중에는 크든 작든 항상 돈이 있었다. 그렇기에 돈을 빌려주는 일이 그리 어렵지 않았다. 빌려주는 대로 곧장 이자가 들어오니 마다할 이유도 없었다. 막상 그렇게 고리의 이자를 부담해야 하는 사람의 입장은 미처 생각하지 못한 것이다. 세상에서 가장 무서운 유혹이 바로 돈의 유혹이 아니던가.

나처럼 항상 주머니에 돈을 넣고 다니는 사람은 눈에 띄기 마련이었다. 사람들은 자연스럽게 내게 다가와 돈을 빌려달라고 했다. 그들이 부르는 이자가 생각보다 커 처음에는 아무래도 문제가 되지 않을까 걱정도 되었다. 그런데 몇 번 하다 보니 무감각해졌다.

그러다 보니 돈을 쉽게 버는 재미에 푹 빠져 버렸다. 스무 푼을 빌려주면 며칠 만에 이자가 한 푼 붙어서 돌아오니 누구라도 마다하기 어려웠을 것이다. 은행이라면 한 달이라도 불가능한 일이다. 웬만한 사람이라면 모두 일일계의 유혹에 넘어갈 수밖에 없었다.

쉽게 버는 돈은 늘 위험에 빠질 확률이 높다. 알면서도 자꾸만 꼬임에 빠지는 게 바로 돈이라는 기묘한 생명체의 힘이다. 숨도 쉬지 않는 것이 사람의 마음을 쥐고 흔들어 대니 말이다.

벼랑 끝에서

당시에 택시 영업을 하며 인연으로 얽히게 된 또 한 사람이 있다. 용산 지역에 사는 아주머니였는데 나와 고향이 같았다. 처음에는 좋은 마음으로 용산 아주머니와 정희 엄마를 연결시켜 주었다. 그게 이후 큰 문제가 될 줄은 상상도 하지 못했다.

내가 넣었던 돈과 용산 아주머니가 넣은 돈을 정희 엄마가 모두 떼어먹은 것이다. 여기저기서 곗돈을 받아 이자를 주겠다고 하고는 모조리 빼돌렸다. 사기였다. 정희 엄마를 무조건적으로 믿었던 게 화근이었다. 빼도 박도 못하고 책임의 화살은 고스란히 내게로 향했다. 피하려고 해도 피할 수 없는 상황이 되어 버렸다. 결국 갖고 있던 차 전부를 팔 수밖에 없었다.

당시 차 한 대를 수십만 원에 사 왔는데 무려 이백칠십만 원이나 되는 돈을 물어내야만 하는 상황이 되었다. 택시 몇 대 값이나 되는 어마어마한 돈이었다. 하루하루 돈 불어나는 재미에 신이 났는데 되려 엄청난 돈에 발목이 잡혀 버린 것이다.

정희 엄마라는 사람이 애초에도 보통내기는 아니리라 짐작은 하고 있었다. 그래도 수완이 좋은 사람이라 믿고 돈을 맡겼던 것이다. 내가 돈을 내놓으라고 하자 정희 엄마는 사과는커녕 도리어 숨기고 있던 기다란 손톱을 드러냈다. 그 많은 돈을 해 먹고도 뻔뻔하고 당당하게 굴었다. 용산 아주머니는 매일 같이 내게 돈을 물어내라고 사정없이 닦달했다. 내게도 큰돈이었지만, 용산 아주머니에게도 그 돈은 생명과도 같았던 것이다.

당시 종로에는 그런 류의 사건이 왕왕 있었다. 돈에 얽힌 일로 사람이 목숨을 끊는 사건도 신문에 허다하게 실렸다. 설마 그게 내 처지가 될 줄은 몰랐다.

너무 속이 상해 술을 퍼붓기 시작했다. 이렇게 살아서 뭐하나 싶은 생각까지 들었다. 술을 엄청나게 마시고 억수로 취한 어느 날, 어리석게도 목숨을 끊으려고 작정하기에 이르렀다.

그때 아들 나이가 세 살이었다. 막상 죽으려고 하니, 남준 씨와 아들의 얼굴이 떠올랐다. 기왕 세상을 등질 바엔 가족의 얼굴이라도 보고 죽자 하는 생각이 들었다. 비틀거리면서도 마지막 힘을 내어 집까지 걸어갔다.

남준 씨와 아들은 아무런 사정도 알지 못하고 곤히 자고 있었다. 가만히 내려다보는데 만약 내가 이렇게 돈 때문에 죽는다면 이 둘은 어떻게 될까 하는 생각이 뒤늦게 몰려왔다.

사회 경험이 없는 남준 씨가 얼마나 험한 꼴을 당하고 살게 될지 생각만 해도 끔찍했다. 나쁜 곳으로 빠져 험한 일을 하고 있는 남준 씨를 상상했다. 고아원에 맡겨지는 아들을 상상했다. 오장육부를 도려내는 것처럼 견딜 수 없이 괴로웠다. 다른 건 몰라도 자살은 가장으로서 할 짓이 못되었다.

나를 살린 건 남준 씨와 아들이었다. 어렸을 적 서울에 올라오던 날이 떠올랐다. 그때 나를 버티게 한 힘은 부모님에 대한 기억이었고 지금 살아가고 있는 이유는 남준 씨와 아들의 존재였다.

처음 결혼하고 산꼭대기 같은 언덕에 살던 기억을 떠올렸다. 나 때문에 고생만 하는 남준 씨를 위해서라도 자살은 말이 되지 않았다. 나 하나 편하자고 죽음으로써 사랑하는 사람들을 등지는 행위는 극악무도한 행위임을 깨달았다. 배고픔에 허덕이던 어린 시절을 떠올렸다. 허기 따위는 결국 이겨낼 거라고, 좋은 날이 반드시 올 거라고 믿으며 견뎌온 세월이 아니었던가. 아직도 살아갈 날이 한참인데, 포기라니. 내가 너무 어리석었다는 생각이 들었다. 겨우 돈 때문에 남준 씨와 아들마저 버릴 수 있다고 생각한 내가 너무 한심했다. 떨어지는 눈물을 훔치다 바닥에 푹 쓰러졌다. 남준 씨가 부르는 소리가 아련하게 들렸고 나는 눈을 감았다. 그렇게 사흘이나 기절하듯 쓰러져 있다 겨우 깨어났다.

정신을 차리고 보니, 내게 남은 건 차 한 대가 전부였다. 여러 대의 택시를 부리며 여유가 생기다 보니 오만함도 함께 쌓였던 건지 모른다. 군을 제대하고 생각보다 빠르게 성공했던 때문인지도 모른다. 올챙이 적 생각 못 한 개구리가 되었던 걸까?

실수가 아니다. 잘못이었다. 돈의 유혹에 쉬이 넘어간 게 잘못의 근원이었다. 그리고 무엇보다 사람을 너무 쉽게 믿은 게 가장 큰 잘못이었다. 또한 문제를 해결하기 위해 직접 대면하지 않고 목숨을 끊어 회피하려고 했다는 게 그에 못지않은 잘못이었다.

용기를 내어 정희 엄마를 찾아갔다. 자살까지 생각했는데 무엇을 못하랴. 전과 달리 몇 날 며칠을 강하게 따졌다. 결국 그녀는 두 손을 들었다. 가진 재산 중 가장 값나간다는 백색전화기를 팔아서라도 돈을 일단 해결해 주겠노라고 했다.

요즘 사람들에게 전화를 팔아 큰돈을 마련했다고 하면 알아듣지 못하고 도대체 무슨 소리냐며 되물을 것이다. 지금은 집 전화기가 몇 만 원도 하지 않는다. 게다가 집에 전화를 설치하지 않는 집도 태반이다. 그런데 고작 전화기를 팔아서 그 큰돈을 해결해 준다고? 요즘 세상에는 어이없는 말로 들릴 게 분명하다. 게다가 휴대폰도 아니고 일반 전화기인데?

그러나 당시엔 일반 전화기가 엄청난 고가의 물건이었다. 전화기의 수요는 높았는데, 공급은 매우 뒤처지는 상태였기 때문이다. 지금과 굳이 비교하자면 해외 명품 가방보다 더 비쌌다. 아니 어쩌면 그와는 비교도 안 될 정도로 값어치가 있었다고 보는 게 맞다. 그만큼 당시 전화기는 엄청난 고가품이었다.

여자는 그걸 팔아서 당시 구십만 원을 해결해 주었다. 책임지기로 한 금액보다 적어 결국 손해를 보긴 했지만, 그래도 어느 정도는 회수할 수 있어 다행이었다. 가장 견딜 수 없이 화가 치민 건 돈만 잃은 게 아니라 소중한 시간과 에너지까지 낭비했다는 것이었다. 하지만 나는 모든 걸 나의 불찰로 여기기로 했다. 억울하고 속이 상할 대로 상했지만, 깊은 반성을 하게 한 시간이기도 했다.

그렇게 회수한 돈 구십만 원을 들고 택시를 사려고 장안평 중고차 시장엘 갔다. 택시 가격은 몇 해 전에 비해 어마어마하게 뛰어 있었다. 그럼에도 나는 그간 쌓아온 신용을 바탕으로 외상으로 택시를 살 수 있었다. 일단 구십만 원을 준 다음, 돈을 벌어 나머지 잔금을 갚는 식으로 나는 열심히 일했다. 그렇게 성실히 하루하루를 살며 재기를 꿈꾸었다.

많은 걸 잃었지만, 그 이상으로 많은 걸 얻었다고 생각한다. 본디 잃어보기 전에는 내가 이미 갖고 있던 게 얼마나 소중했던 건지 모르는 법이다. 내가 그때 그랬다.

돈을 빌려 가라는 어르신들

"내 돈 좀 빌려가." "나도 돈을 빌려줄 테니 좀 빌려가 줘." 내가 은행도 아닌데 어르신들이 서로 돈을 빌려 써달라며 나를 찾아왔다. 한두 사람이 아니었다. 가족도 모르게 숨겨두었던 돈을 내게는 서슴지 않고 내밀었다. 더 많이 가져가도 좋으니 제발 빌려가서 써 달라고 했다. 물론 돈을 쓸 곳은 많았지만, 서로 다가와 돈을 빌려 가라고 사정하니 이 또한 무척 난처한 노릇이었다.

이게 대체 무슨 말인가 할 것이다. 하지만 당시에는 거의 하루도 빠짐없이 들었던 말이다. 내가 돈을 빌려달라고 애원한 게 아니라 돈을 가진 사람들이 내게 돈을 빌려주려고 안달이 난 것이다.

당시는 막 새로운 정권이 들어선 때였다. 전쟁이 날지도 모른다는 소문이 파다했다. 전국이 흉흉한 소문으로 들썩였다.

지금은 무슨무슨 부동산이라고 줄여 말하는 부동산중개사무소를 당시엔 복덕방이라고 불렀다. 지금이야 전문 자격증도 있고 젊은 사람들도 많이 운영하지만, 당시에는 주로 나이 지긋한 할아버지들이 운영하던 곳이었다.

복덕방은 당시 동네의 사랑방 같은 곳이기도 했다. 온갖 소문은 복덕방을 통해 들고 난다고들 했다. 나쁜 일이건 좋은 일이건 소문을 퍼뜨리고자 일부러 복덕방을 이용하는 사람이 있을 정도였다. 그렇게 소문에 빠른 복덕방 할아버지들은 당장 전쟁이 터질지도 모른다느니 하는 흉흉한 소문이 돌자 재빨리 은행에서 돈을 찾아놓았다. 자칫 은행에 두었다가 전쟁이라도 나게 되면 무용지물이 되기 때문이었다.

중고차 가격조차 훌쩍 올라버려 쉽게 차를 구매하기 힘들어졌을 때였다. 당시 승용차는 아무나 가질 수 없는 고가의 사치품이었다. 차에 대한 수요가 많으니 웬만한 택시기사들도 나름 호황을 누릴 때이기도 했다.

시기도 좋으니 나는 차를 더 늘리고 싶었다. 차를 몇 대 더 굴리면 얼마큼의 수익을 더 벌어들일 수 있을지 머릿속에서 계산이 떠나지 않았다. 당장 차량의 수를 늘리지 못하니 애가 탈 지경이었다.

당시에는 기사 식당 앞에서 차량 교대를 하고는 했다. 지금이야 대부분 카드 결제를 하니 그럴 수가 없지만, 당시는 무조건 현금결제를 하다 보니 택시기사들은 항상 현금을 소지하고 있었다. 교대하기에 앞서 당일 영업으로 번 돈을 확인해야 했는데, 돈을 세는 장소도 역시 교대 장소인 기사 식당 앞일 수밖에 없었다.

나도 그렇게 식당 앞 길바닥에서 돈을 세었다. 두툼한 현금다발을 세고 있으니 사람들의 눈길을 한껏 받았다. 그런 나를 눈여겨 본 사람들이 있었으니 인근 복덕방의 할아버지들이었다.

복덕방 할아버지들은 은행에서 거액의 현금을 찾아 두었지만, 숨겨두기만 하니 이자가 붙는 것도 아니었고 도난의 위험까지 있었으니 많이 불안해했다. 무슨 방법으로라도 돈을 불려야 한다고 생각하던 참에 매일 같이 기사 식당 앞에서 돈을 세고 있는 나를 보고는 그들 나름의 묘안을 떠올렸다.

나는 기사 식당 앞에서 돈을 세어볼 때면 일부러 지폐를 반으로 접어 두 배를 번 것처럼 시늉하곤 했다. 누군가를 속이기 위한 행동이라기보다는 반 농담 삼아 허세 섞인 장난을 쳤던 것인데 복덕방 할아버지들이 보기엔 돈을 꽤 많이 버는 사람으로 보였던 듯싶다. 실제로 제법 돈을 벌기도 했으니 영 잘못 본 게 아니기도 했다.

어느 날은 그 근처 복덕방 할아버지가 먼저 다가오더니 말을 건넸다. 무슨 말인지 들어보니 만약 전쟁이라도 나면 돈을 쓸 수 없게 되니까 나보고 돈을 좀 빌려가 달라는 것이었다. 돈을 빌려달라는 게 아니라 빌려가 달라니. 처음엔 어안이 벙벙해 무슨 말이냐고 되물었다.

정말 돈을 빌려줄 생각이냐고 넌지시 물으니 오백만 원이라도 빌려줄 수 있다고 했다. 늘 같은 장소에서 날마다 돈을 셈하고 있는 모습만 보였을 뿐인데도 알게 모르게 복덕방 할아버지들에겐 신뢰를 준 모양이었다. 허세 어린 장난이 내게 기회를 주었다. 분명히 말하지만, 나쁜 마음으로 복덕방 할아버지들을 속이려 한 건 절대 아니었다. 돈을 세는 나를 자꾸만 쳐다보기에 장난삼아 한 행동이었다. 한데 먼저 다가와 선뜻 돈을 빌려 갈 수 있냐고 제안을 해온 거다. 택시 영업으로 이미 돈을 많이 버는 것 같으니, 택시를 더 늘린다면 돈을 더 많이 벌 수 있지 않냐며 내 상황을 훤히 꿰뚫어 보는 것처럼 말하기도 했다.

나로서도 마다할 이유가 없었다. 게다가 갖고 있던 걸 잃은 지 얼마 되지도 않은 때였으니 다시 회복하려면 무엇보다 더 많은 차가 필요했던 시점이기도 했다. 그 덕에 무려 천만 원이나 되는 돈을 아무 보증도 없이 빌릴 수 있었다. 우습게도 조금의 허세 덕에 신용 아닌 신용을 얻은 셈이었다. 오 종 면허에 이어 황당한 행동으로 예상치 못한 결과를 얻었다.

나는 이후 돈이 생기면 곧장 복덕방 할아버지에게 진 빚부터 갚았다. 이자에 이자를 더해 넉넉히 드리곤 했다. 돈이 필요할 때 알아서 빌려주셨으니 그만한 보답은 당연했다.

이후 그 동네의 다른 복덕방 할아버지들도 나를 찾아왔다. 그들도 내게 돈을 빌려가라고 했다. 그렇게 해서 나는 담보도 보증인도 전혀 없이 신용으로만 돈을 빌릴 수 있었다.

차량이 여섯 대까지 늘어났다. 택시가 늘어났으니 수익도 당연히 늘었다. 복덕방 할아버지들이 빌려준 돈은 약속한 날짜에 전부 갚을 수 있었다. 그분들 덕에 택시도 늘려 돈도 벌 수 있었고 또 넉넉한 이자까지 되돌려 줄 수 있었다. 누이 좋고 매부 좋은 일이었다.

지금 세상에서는 거의 불가능에 가까운 일이다. 목숨을 끊으려다 마음을 다잡고 다시 일어난 내게 하늘이 도움을 베풀었나 싶기도 하다.

복덕방 할아버지들 덕분에 택시가 다시 많은 대수로 늘어났다. 당연히 수입 역시 몇 배로 늘어났다. 사납금도 늘어났다. 당시 경기도 호황을 타서 택시를 이용하는 승객들도 전보다 훨씬 늘었고 기사들의 수입도 그만큼 늘어났다.

그건 행운이었다. 더 좋았던 건 내게만 행운이 아니라는 사실이었다. 먼저 찾아와 자신들의 돈을 써달라고 했던 복덕방 할아버지들에게도 그건 분명 행운이었다. 빌린 돈을 갚을 때 나는 은행보다 더 많은 이자를 주었다. 그러니 돈을 빌려준 사람들이 싫어할 이유가 없었다. 그리고 나는 이후로도 내게 돈을 빌려준 사람들에게 돈 문제로 어떠한 불편을 준 적이 없다. 원금과 이자를 제날짜에 정확한 금액으로 갚았다. 내가 달라고 사정하여 얻은 돈이 아니니 함부로 해도 된다는 생각은 애초에 해본 적이 없었다.

의리의 돌쇠

복덕방 할아버지들에게만 신용을 얻은 게 아니었다. 대여섯 대의 택시를 운영하며 나와 같은 사업을 하는 사람들과도 여러 명 인연이 닿았다. 특히 나와 가깝게 된 이들이 몇 명 있었는데 그들과는 같은 차고를 쓰고 차를 관리해 주기도 하며 큰 신뢰를 받았다.

서로 같은 업계에서 일하다 보니 고충과 애로 사항을 함께 나누며 우의를 다졌더랬다. 서로 경쟁하며 사업하는 사이에 무슨 우의냐고 누군가는 되물을지도 모르겠지만, 나는 다르게 보았다. 한 직종에 발을 담근 이상 형제나 다름없다고 생각했다. 결정적으로 그들이 나를 완전히 신뢰하게 된 사건이 하나 있었다. 그 사건 덕분에 나는 두고두고 잊지 못할 별명을 하나 얻었는데, 바로 '의리의 돌쇠'이다.

예전에 나와 일했던 차주 아줌마를 포함한 몇몇 지인들이 불법 행위를 저지른 게 들통났다. 운행증을 위조해 규정된 영업일 이외에도 택시 영업을 할 수 있도록 한 거였다. 불법이라고는 하지만, 당시엔 관행처럼 택시 업계에서는 모두가 하던 일이었다. 모두가 다 그렇게 했으니 당시엔 크게 문제될 것도 없었다. 그러나 나와 같은 차고를 사용하며 차 관리를 내게 맡긴 지인 중 몇 명이 공무원이라는 것은 다소 곤란한 점이었다. 차주 아줌마의 남편도 공무원이었다. 지금도 그렇지만, 그 당시 공직을 하는 사람들에겐 법이 더 엄격했다. 그런데 하필 공무원 당사자들이 단속에 걸린 것이었다. 게다가 운행증을 위조한 인쇄소도 있었다. 한 사람이 잡혀 들어가면 수많은 사람이 줄줄이 엮여 함께 잡혀 들어갈 상황이었다.

누군가 한 명만 나서면 되었다. 모두를 대신해 총대를 맬, 입이 무거운 사람이 필요했다. 하지만 그 누구도 쉽사리 나서려 들질 않았다. 그래서 숙고 끝에 내가 나섰다. 나 또한 그들처럼 잃을 게 많았지만, 다 같이 살기 위해서는 누군가의 희생이 필요했던 터였다.

자수를 하자 형사들이 나를 잡으러 왔다. 바로 수갑을 채우려나 싶었는데 오장동 냉면집으로 데려가더니 맥주와 냉면을 사주며 회유하려 들기에 한껏 겁먹었던 나로서는 어리둥절하기도 했지만, 덕분에 마음의 긴장을 조금 놓기도 했었다. 그런데 웬걸. 형사들은 자신들이 원하는 대답을 내게서 얻지 못하자 표정이 돌변했다.

서울경찰청에 끌려간 날, 계단을 울리던 소리는 아직도 잊히질 않는다. 당시 경찰청의 계단은 나무로 되어 있었는데 오 층의 강력반까지 올라가는 동안 내 발걸음을 따라 덜그덕거리는 소리가 온 건물에 울려 퍼졌다. 발소리는 서늘하게 천장을 부딪고 내려와 내 이마를 때렸다. 아마 기분 탓일 수도 있었으리라. 그만큼 나는 겁을 먹고 있었다. 한 번 끌려가면 온전한 몸으로 나오기 힘들다는 소문이 나도는 서울경찰청이었으니 아무리 갖은 고생으로 단련된 나라도 두렵지 않을 수 없었다. 강력반에 들어서자 이번에는 각종 범죄 증거물들이 나를 압도했다.

당시에 벌어진 살인 사건에 쓰인 도끼나 누군가를 목 졸라 죽인 줄 등 갖가지 끔찍한 증거물들이 보란 듯 진열되어 있었다. 그 가운데에 형사들이 나를 앉히고는 심문을 시작했다. 먼저 운행증을 어디서 위조했는지부터 취조에 들어갔다. 어떻게 대답하면 좋을지 머리를 굴리는데, 대답이 조금만 늦다 싶으면 바로 형사들의 주먹이 번갈아 날아왔다. 당시는 말 그대로 야만의 시대였다.

얻어맞는 가운데 불현듯 꾀가 떠올랐다. "운행증은 길바닥에서 샀습니다." 머릿속으로 소설을 쓰기 시작했다. "마포구 염리동 기사식당에서 밥을 먹고 나오는데 누군가 다가와서 말을 걸었습니다. 수염이 시커먼 그 사람이 내 앞에서 까만 공공칠 가방을 턱 열어 보였는데 그 안에 위조된 운행증이 잔뜩 들어있었습니다."

다행히 형사들이 내 임기응변에 귀를 기울였다. 그들이 내 이야기에 고개를 갸웃하는 순간을 틈타 나는 큰소리를 쳤다. "저를 풀어주시면 제가 위조 운행증을 파는 그 놈을 잡아 오겠습니다." 처음 그 말을 할 때에는 주먹이 날아왔다. 얻어맞으면서도 굴하지 않고 몇 번이나 그렇게 주장한 끝에 나는 겨우 풀려나올 수 있었다.

문제는 있지도 않은 범인을 어디서 잡아 오느냐였다. 형사들의 미행을 받을까 봐 걱정도 되었다. 나는 다시 한번 더 머리를 굴렸다. 일단 범인 찾는 연기를 하기로 했다.

그날부터 염리동 기사 식당으로 매일 출근하다시피 갔다. 그곳에서 범인을 기다리는 시늉을 하며 하루 종일 테이블에 앉아 지냈다. 그렇게 거의 한 달을 지냈을까. 결국 형사들이 먼저 포기했다. 덕분에 지인들은 아무도 다치지 않고 무사히 지나갈 수 있었다.

법을 어기는 행위를 옹호할 생각은 전혀 없다. 당시 업계의 관행처럼 이루어지는 것들을 별 생각 없이 따라 한 사람에게도 잘못이 있다는 건 그때도 알았다. 하지만 나처럼 누구 하나가 총대를 매지 않으면 모두가 줄줄이 엮여 다 함께 풍비박산이 날 수밖에 없는 상황이었다. 벌을 받아도 내가 받자는 마음으로 나 혼자 나선 것이다. 덕분에 내 별명이 '의리의 돌쇠'가 되었다. 그 지인들과는 두고두고 좋은 인연을 이어나갔다.

사업이 마냥 돈으로 되는 것 같지만, 실은 사람 간의 믿음으로 이루어진다. 사업에서 신용과 믿음은 절대적이다. 돈이 많고 적음과는 애초에 다른 영역에 속하는 일이다. 사람들에게 나라는 사람에 대한 믿음을 주고 싶었다. 이후 사업의 영역이 크게 확장되고 더 많은 직원들과 일하게 되었지만, 믿음에 대한 그 마음과 다짐은 결코 변하지 않고 지금까지 지속되고 있다.

7장.
인천으로 가다

“내가 내 인생에 필요한 것들을 놓치지 않기 위해
한시도 한눈팔지 않고 늘 집중했기 때문이리라.”

인천 택시회사의 인수

회사가 나름대로 인정을 받고 안정기에 접어들던 어느 날이었다. 보유한 택시가 벌써 여섯 대에 달하던 무렵이었다. 양화대교 근처의 가스충전소라며 연락이 왔다. 담당 소장이 직접 나를 찾아오겠노라고 했다. 택시회사에 주유소나 충전소를 홍보하려고 찾아오는 사람들이 종종 있었기에, 그런가 보다 했었다. 그런데 그게 아니었다.

처음엔 내 예상대로 거래를 트자고 했다. 생각했던 대로 교섭이 진행되나 싶었는데, 소장이 예상을 뒤엎는 조건을 제시했다. "한 달간 가스비용을 외상으로 드리겠습니다." 생각지도 않았던 말이었다. "그러니 저희와 거래를 트시지요." "한 달이나요?" 그는 고개를 끄덕였다.

　나는 망설일 것 없이 승낙하고 악수를 나눴다. 돈을 빌려주겠노라고 찾아온 어르신들의 방문만큼이나 예상치 못한 일이 벌어진 거다. 나에 대한 소문이 나쁘지 않았나 보았다. 다가가기 전에 먼저 다가오는 사람이 많다는 건 세간에 나의 신용이 제대로 각인되었다는 의미였다. 나는 어느새 누구에게라도 믿음을 주는 사람이 되어 있었다. 하루 이틀도 아니고 일주일도 아닌 한 달이라는 말에 솔깃하지 않을 사람이 어디 있으랴. 가스비 지급을 한 달 늦추면 내게도 여유 자금이 생겼다. 쪼들리는 일 없이 수월하게 사업을 꾸려 나갈 수 있었다. 물론 그런 제안을 건넨 그들에게도 나름의 계산이 없었을 리는 없다. 누이 좋고 매부 좋은 방법을 찾았을 테고 그러다 우리와 연결하는 방법을 모색한 거다. 서로에게 나쁘지 않은 거래였다. 이 역시 내가 사람들에게 심어준 믿음으로 이뤄낸 성과가 아닐까.

　나날이 택시 운영에 대한 노하우가 쌓여갔다. 차를 정비하는 기술도 남부럽지 않을 만큼 터득했을 무렵이었다. 내게 '의리의 돌쇠'라는 별명을 지어 준 지인이 사업 제안을 해 왔다. 나와 인연이 깊은 차주 아줌마였다. 차주 아줌마가 하는 말인즉 인천의 택시회사를 인수하는 게 어떻겠냐고 했다. 마침 사업 확장을 꿈꾸던 터였다. 그래서 한달음에 인천으로 달려갔다.

하지만 당시 나의 여건상 많은 금액을 마련할 처지가 아니었다. 사업의 영역을 확장하려면 가장 필요한 게 자금이었다. 돈이 부족해 포기할까 싶은 마음도 잠깐 들었다. 그러나 이 기회를 놓치고 싶지 않은 마음이 더 컸다.

고민에 고민을 거듭한 끝에, 서울에서 운영하던 모든 자산을 처분하기로 했다. 더 고민할 처지가 안 되었다. 좋은 기회라면 어떻게 해서라도 잡는 게 옳았다. 그 역시 오랜 시간 터득한 나의 노하우 중 하나였다. 기회는 다시 돌아오지 않는다! 조금만 더 힘을 모으자는 생각이 들었다. 가능할 거라는 계산이 섰다. 나름대로 모은 돈도 제법 있었고 차주 아줌마도 힘을 보태 크게 자본을 모아 주었다.

여러 힘을 합치니 아주 큰 힘이 되었다. 우여곡절 끝에 작은 운수회사를 인수할 수 있었다. 그렇게 인천에서 삼우운수라는 이름으로 택시회사를 시작하게 되었다.

당시 내가 인천으로 올 때가 삼십 대였고 때는 팔십 년대 초반이었다. 처음엔 열 대의 택시를 갖추고 영업을 시작하였다. 비로

소 회사의 틀이 제대로 갖춰지고 온전한 법인 회사를 가질 수 있게 된 것이다. 그러나 규모 면에서 한계가 있을 수밖에 없었다. 손은 많이 필요했지만, 그렇다고 필요한 사람을 모두 고용해 쓸 수 있는 상황은 안 되었다. 가능하면 내부에서 모든 걸 해결해야만 했다. 사장 일도 하고 상무 일도 하고 때로는 정비사 역할까지. 요즘 흔히 하는 말로 멀티플레이를 해야 했다.

하지만 나는 동분서주 해야 하는 상황을 마다하지 않았다. 나는 젊었다. 패기도 넘쳤다. 할 일이 없는 게 문제였지 일이 많은 건 전혀 문제가 되지 않았다. 그렇게 하루하루 시간이 어떻게 흘러가는지 모를 정도로 바빴던 참이었다. 당시에 회사를 합치라는 제안이 많았다. 공동대표를 하라는 의미였는데, 나는 홀로 사업을 이어가겠다고 고집했다. 당시 우리나라에서 올림픽을 준비 중이라서 회사를 크게 하라는 지시 아닌 지시가 이뤄졌더랬다. 시에서 내려온 지시였다. 택시회사를 통합, 대형화시키라는 의미였다. 경고까지는 아니었지만, 국가적 권고였다. 지금이라면 국가에서 택시회사들의 합병을 간섭할 수 없지만, 그때는 그런 권고가 나름 통하던 때다.

대부분의 회사들이 합쳤지만, 나는 한 귀로 듣고 한 귀로 흘렸다. 일단 내 의사로 하는 합병이 아니었다. 권고나 지시에 의한 억지 회사 합병은 찬성하기 싫었다. 마음이 둘이면 생각도 갈라질 수밖에 없고 걸핏하면 일치점을 찾지 못해 의견충돌이 일어날 가능성이 높았다. 어쩌다 의견이 잘 맞아서 함께 일을 시작한다 하더라도 나중엔 삐걱거리기 일쑤인 게 사업이란 것인데, 애초 마음에도 없이 회사를 합치면 일을 그르칠 수 있다고 생각했다.

결국 시의 권고 사항을 따르지 않았다. 목적 없는 합병에 동의할 수 없음을 처음부터 분명히 했다. 합병한 회사들에는 이후 문제가 많이 발생했다. 그 모습을 보면서 결과적으로 내 생각이 옳았다고 다시금 확신했다.

일인 다역 사장님

이후 회사 운영은 안정권에 들어섰다. 택시 대수도 제법 늘어났다. 누군가는 운이 따랐다고 했지만, 그걸 오로지 운이라고 할 수 있을까. 십여 년 만에 이뤄낸 급성장 뒤엔 많은 어려움이 있었다.

겉으로 보기엔 수월해 보이는 일들도 뒤에서 보면 만만치 않았다. 많은 곳에 허점도 생기고 좀처럼 풀리지 않는 일도 생겨났다. 저녁에 퇴근하는 일도 만만찮았다. 인천에서 서울로 올라가야 하는데 고속 도로비가 아까웠다. 그래서 집으로 가다 말고 중간에 돌아서 차 안에서 잠을 청하는 경우도 많았다. 당시 고속 도로비가 칠백 원이었으니 누군가는 고작 그 돈을 아끼려고 새우잠을 잤냐고 되물을 수도 있을 것이다. 하지만 나는 그때 한 푼이라도 아끼고 모아 사업을 확장하고픈 바람이 당장의 불편보다 더 컸다. 그리고 도로비도 도로비였지만, 밤 중에 택시 고장으로 호출을 받을 때도 많았다. 기사들이 부르면 당장 달려갔다. 위에서도 말했지만, 나는 사장, 상무, 정비사까지 일인 다역을 했다. 심지어 때때로 직접 운전대를 잡아야 했다는 건 말할 것도 없다.

그뿐만이 아니었다. 인간관계처럼 복잡한 문제도 없었다. 내가 젊은 사장이다 보니 내 앞에서 유난히 사납게 구는 기사도 있었다. 떡하니 내 책상 위에 올라앉아 담배를 피우질 않나, 걸핏하면 목에 핏대를 세우고 억지 논리를 늘어놓으며 대들었다. 물론 모두가 그런 건 아니었다. 한쪽이 말썽을 피우면 다른 한쪽에서는 먼저 나서서 일을 하기도 했으니까.

많은 일을 겪으면서도 묵묵히 인내하며 일을 하니, 점차로 좋은 결과가 나타났다. 저들보다 나이 어린 나를 만만하게 보던 직원들도 차츰 내 능력을 인정하게 되었다. 서서히 나를 믿고 따라주는 분위기가 만들어졌다. 드디어 기사들과 나는 서로를 내 사람으로 여기게 되었다. 걸핏하면 시비를 걸며 문제를 일으키던 기사는 알아서 회사를 나갔다.

그런데 한 오 년쯤 지났을 때였다. 말썽을 피우다 관둔 기사가 난데없이 회사 앞에 나타났다. 혹여나 예전처럼 행패를 부릴까 봐 살살 달래려고 하는데 그 기사가 먼저 무작정 무릎을 꿇는 것이었다. "잘못했습니다!" 우리 회사만 한 곳을 찾지 못하고 여기저기 전전한 모양이었다. 나보다 나이도 많고 게다가 덩치도 산 만한 기사를 일으켜 세우며 실소를 참느라 애를 먹었다.

한 번은 여관 종업원에게 뺨을 맞은 적도 있었다. 학익동에 삼우운수 사옥을 짓기 전의 일이다. 가좌동에 세를 얻어 사무실을 꾸리고 있었다. 밤늦게 야근하는 바람에 또 서울의 집으로 돌아가지 못했다. 고된 몸을 이끌고 여관에라도 가서 몸을 누이려는데 돈이 모자랐다. 숙박비가 칠천 원이었는데 주머니 속을 뒤져보니 사천 원밖에 없었다. 다음 날 지불하겠노라 얘기하고는 곧장 쓰러지듯 방에 몸을 뉘었다. 얼마나 몸이 고단했으면 기절하듯 바로 잠에 빠져들고 말았는데 문제는 그 다음에 벌어졌다. 내가 숙박비를 제대로 지불하지 못한 걸 알고는 종업원이 나를 깨우기 시작한 것이었다. 아무리 불러도 깨질 않으니 나중엔 숫제 두들겨 팼단다. 그런데도 나는 코까지 골며 잠에서 깨어나질 않았다 한다. 회사에서 온갖 일을 하며 정비까지 도맡아 했으니 내 행색은 추레하기 이를 데 없었다. 까까머리에 워커화를 신고 일하기에 편한 허름한 옷까지 입고 있으니 딱 봐도 돈 없는 거지 행색으로 보였나 보았다. 혹시나 숙박비를 떼먹고 도망갈까 봐 종업원 나름으로는 조바심이 났을 터였다.

다음 날 거래처의 사장이 와서 모자란 숙박비를 대신 지불해 주었는데 나중에 웃으며 내게 말을 전했다. 종업원이 내가 삼우운수 사장이라는 말에 깜짝 놀라더란다. 옷차림 하나 신경 쓰지 못할 정도로 정신없이 일만 하던 때였으니 누가 나를 회사 사장으로 볼 수 있었을까. 회사 사장으로 보이지 않아도 괜찮았다. 정신없을 만큼 바쁘게 일만 해도 신이 나는 하루하루를 보내고 있었기 때문이다.

또 다른 은인을 만나다

일에만 열심히 전념하였지만, 사업이란 게 내 마음처럼 원활히 돌아가는 건 아니었다. 새로운 지역에서의 사업 확장도 그렇고, 밤낮없이 일해도 돈과 시간은 늘 부족하기 일쑤였다.

아직 가좌동에서 사무실을 얻어 쓸 때였다. 가스 충전소에 외상이 어마어마하게 쌓여버렸다. 택시 열 대를 구매한 가격과 맞먹는 금액이었다. 그러자 결국 충전소에서도 더 이상 외상을 줄 수 없겠다는 통보를 하기에 이르렀다. 가만히 있을 수만은 없어 가스 충전소에 직접 찾아갔다. 나는 가스 충전소 사장과 마주 앉아 대화를 시작했다.

"담보가 있으면 되겠습니까?"

담보를 운운하는 내게 충전소 사장은 눈을 동그랗게 만들어 보였다. 외상값에 허덕이는 주제에 무슨 담보를 말하느냐는 뜻이었다. 나는 손가락을 들어 나 자신을 가리켜 보였다

"여기에 담보가 있습니다."

나는 나를 가리켜 담보라고 말을 해주었다. 농담이 아니었다. 내 목숨을 걸고서라도 기필코 외상값은 갚을 테니 나를 믿고 외상

으로 가스를 달라고 부탁했다. 그러자 충전소 사장은 처음엔 황당한 표정을 지으며 실소를 터트리더니 한참 만에야 고개를 끄덕였다. 그러더니 어떤 사람을 하나 인사시켜 주겠다고 무조건 따라오라며 자리에서 일어섰다.

목숨을 걸고 외상값을 갚겠노라는 내 호언장담에 가타부타 대답도 않고 느닷없이 사람 하나를 인사시켜 준다는 충전소 사장의 말에는 나도 의아해할 수밖에 없었다. 대체 어떤 사람이길래 소개를 해주려는 거냐고 물었다. 그러자 사장이 하는 말인즉 자신도 그 사람에게 큰 은혜를 입었단다. 대체 누구일지 궁금증이 생겨 충전소 사장을 따라 나갔다.

사장이 나를 데려간 곳은 어느 나이 많은 어르신이 지키고 있는 고물상이었다. 고물상 주인은 알고 보니 당시에 크게 사업을 일군 알짜배기 사업가였다. 충전소 사장은 대뜸 나를 그 어르신에게 인사를 시키더니 내 소개를 이렇게 했다.

"외상값이 어마어마하게 밀렸는데도 이 사람이 가스를 달라고 하는데 어쩌면 좋습니까?"

그러자 고물상 주인은 마치 관상이라도 보는 양 한참 동안 나를 살펴보았다. 그러더니 한 마디를 툭 내던졌다. "돈 떼먹고 죽을 사람이 아니다."

고물상 주인은 나를 처음 대면했으면서도 나를 믿어도 된다고 장담했다. 내가 외상값도 갚지 않고 도망갈 사람이 아니라고 내 편을 들어 주는 거였다. 지금 생각하면 고물상 주인의 안목이 놀라울 뿐이었다. 이는 가스 충전소 사장도 마찬가지다. 자신이 은혜를 입었다는 고물상 주인의 말만 믿고 내게 계속해서 가스를 공급해 주었으니 말이다.

가스 충전소 사장의 은혜는 여기에서 그치지 않았다. 내게 커다란 자본까지 마련해주었다. 은행에서 대출을 받을 수 있게끔 도와주었고 내가 사업을 확장하는데 마치 제 일처럼 나서주었다. 가족도 아닌 내게 은혜를 베푼 이유를 지금도 잘 모르겠다. 그저 그 사람이 삶을 살아오며 쌓아온 지혜가 내 얼굴에서 신뢰를 읽어냈다고 말할 수밖에 없다. 스스로 말하기 민망하지만, 그동안 쌓아온 신용과 신뢰가 내 얼굴에 쓰여있었다고 생각한다.

이 페이지를 빌어 가스 충전소 사장님의 실명을 밝히고 싶다. 바로 오영기 사장님이다.

나중에 동일운수 신사옥을 지었을 때 오영기 사장님을 회장실로 모신 적이 있다. 내 자리에 앉아보시라고 권했다. 자기 자리가 아닌데 어찌 앉느냐고 한사코 거절하셨다.

내 뜻은 이러했다. 내가 여기까지 이를 수 있었던 데에는 오영기 사장님의 덕이 그만큼 컸다는 것이었다. "사장님 덕분에 제가 빚을 다 갚을 수 있었습니다." 만감이 교차하는, 눈물 나는 순간이었다.

꼴통 앞에서 기죽을 수 없다

택시회사를 하며 별별 사람을 다 만났다. 앞에서 얘기한, 사장 책상 위에 떡하니 앉아 담배를 피우던 기사는 오히려 양반이다. 깨진 맥주병을 들고 덤벼드는 이가 있었는가 하면 회칼을 들고 찾아온 이도 있었다.

하루는 외근을 하는데 회사 경리에게서 전화가 왔다. 급한 용건이라고 해서 받았더니 경리가 혼비백산한 음성으로 누가 행패를 부리고 있다고 말했다. 깨진 병까지 들고선 회사를 뒤집어엎으며 난리가 났으니 나더러 얼른 들어오라고 했다. 자초지종을 물을 새도 없이 쏜살같이 회사로 달려갔더니 한 녀석이 내 책상에 올라

앉아 담배를 꼬나물고 있는 거였다. 그 옆에는 깨진 맥주병이 놓여 있었다.

그 녀석은 우리 회사 식구라고 부르기에도 아까운 건달이었다. 당시에는 의무적으로 새마을 교육을 시행했는데, 걸핏하면 그 교육에도 빠지기 일쑤였다. 당시 새마을 교육은 장관이나 국회의원이라도 안 받을 수가 없던 시대였으니 배짱이 이만저만한 녀석이 아니었다. 하도 이리저리 꾀만 쓰길래 그러면 배차를 안 시켜주겠다고 했다. 이는 내가 제안할 수 있는 최선이었다. 그런데 교육을 받으러 가기는커녕 오히려 깨진 병을 쥐어 들고 배차해 달라고 억지를 쓰지 뭔가. 물론 그런다고 배차해 줄 내가 아니었다.

사장실을 차지하고 선 녀석에게 다가가니 녀석은 깨진 맥주병을 내 목에 들이밀었다. 정말 영화 같은 장면이었다. 녀석은 내 목을 그어버리겠다고 위협했다. 그러나 고작 맥주병 하나에 항복할 수는 없었다.

"이놈아, 내가 네 놈 맥주병 하나에 손 들려고 호남선을 타고 여기 올라온 거 아니다!" 억지나 부리고 행패나 부리는 사람들에게 맞춰주고 싶지 않았다. 차라리 나를 찌르라고 했다. 그런 사람들에게 한 번 틈을 주면 회사도 죽고 나도 죽을 게 분명했다. 죽을 각오를 하고 한 걸음도 물러서지 않았다.

하필이면 무더위로 찌는 듯했던 한여름이었다. 물 한 모금 제대로 마시지 못하고 뻘뻘 땀을 흘리며 대치했던 게 두세 시간은 되었다. 나는 깨진 맥주병이 목을 찌르는 와중에도 경리를 시켜 태연하게 물을 마셨다. 배짱으로 맞승부를 한 것이다.

결국은 녀석이 먼저 손을 들었다. 녀석은 나를 겁먹게 하고 싶었는지 맥주병으로 제 배를 그었다. 그런데 푹 찌르지는 않고 그저 긋기만 해 피만 흐를 뿐이었다. 그런다고 내가 기가 죽을까? 이미 몇 시간 동안 생명의 위협을 당하고도 태연했던 나였다. 내가 눈 하나 깜박하지 않자 녀석은 쓰레기통에 맥주병을 던져넣더니 줄행랑치듯 가버렸다.

형사에게 연락하고 나니 그 녀석이 부평역에서 놀던 건달이라는 것을 알게 됐다. 형사가 잡으러 갔지만, 녀석은 용케도 도망을 쳤다. 그 건달이 바로 오 년 후에 내게 찾아와 사죄하며 무릎을 꿇었다. 꼴통 녀석이었지만, 아이들을 잘 키우고 싶다며 취직을 부탁하는 그에게 고민 끝에 다른 회사를 소개시켜 주었다. 나중에는 그가 사과 한 박스를 사들고 나를 찾아왔다. 내 덕분에 쌀통에 쌀이 그득하다며 이제 부자가 되었노라고 웃으며 감사 인사를 전했다.

그 일뿐이랴. 회칼을 들고 찾아온 건달도 있었다. 밑도 끝도 없이 들이닥쳐서는 사장실 탁자 위에 두 다리를 턱 올려놓고 나를 기다리고 있었다. 한다는 말이 자기가 몸담은 건달 무리에서 몇 명만 써달라는 거였다. 못 하겠다고 했다. 바보 같은 소리 하지도 말아라 하고 커피나 마시자는데 그 작자가 가져온 회칼을 테이블 위에 척 꽂아버리는 거였다. 원래 더 큰 칼을 가져오려 했는데 나를 봐서 작은 칼로 사왔다고 했다. 그런데 그런 놈을 앞에 두고도 나는 이상하게 겁이 나지 않았다. 찌를 놈이었다면 나를 보는 즉시 찌르지 않았을까 하는 생각이 드는 거였다. 결국 건달은 내 배짱인지 무모함인지에 질려 먼젓번 녀석처럼 줄행랑을 쳐버렸다. 도망치듯 나가며 회칼을 두고 이런 말을 했다. "사장님, 회칼은 가지세요. 인간적으로 친절하게 대해주시니 차마 못 찌르겠습니다."

그런데 인간적이니 친절이니 하고 들먹이던 건달은 나중에 내 뒤통수를 쳤다. 노동청에 나를 신고한 것이다. 저를 부당해고했다는 명목이었다. 채용한 적도 없는데 부당해고는 무슨. 그러나 노동청에서도 고소장이 들어왔으니 일단은 나를 조사하러 올 수밖에 없었다.

당시 노동청 근로감독관들에게는 준사법권이 있어 나를 체포

할 수도 있었다. 보란 듯 수갑을 들고 온 근로감독관들에게 나는 회칼을 내밀었다. "이 칼이 바로 그 놈이 나를 협박하다 두고 간 겁니다."

기다란 회칼을 보며 아연실색하는 근로감독관들에게 나는 이렇게 질문했다. 당신들 같으면 이런 칼로 위협하는 사람을 해고가 아니라 애초에 취직을 시켜줬겠냐고. 그 뒤로 아무리 조폭 우두머리라 해도 우리 회사와 내 앞에서는 함부로 칼을 들이밀지 못하게 되었다.

지금이야 웃으며 얘기한다지만, 서슬 시퍼런 칼날과 뾰족하게 깨진 병 앞에서 솔직히 조바심도 났다. 그렇다고 겁이 난 건 아니었다. 얼른 기사들을 살피고 회사 일을 해야 하는데 귀찮은 놈들이 걸려들었으니 조바심이 날 밖에.

원주민들과의 마찰도 있었다. 삼우운수 사옥과 차고지를 지으려던 때였다. 우여곡절 끝에 관청의 허가를 받아 공사를 진행했는데 사옥과 차고지 사이에는 사도(私道)가 있었다. 사옥과 차고지의 사이로 주민들이 통행하니 영업에 지장이 있었다. 또한 기존의 사도는 대로변까지 이어져 있으나 'ㄷ' 자로 돌아가는 길이기도 했다. 이에 마을 주민들에게 대로변으로 바로 이어지는 사도를 만들어주고자 했다.

당연히 주민들도 좋아할 줄 알았는데, 나의 예상은 한참 빗나갔다. 사도를 마련해주어도 기어코 길을 돌고 돌아 공사 현장으로 통행을 하겠다는 것이었다. 지금에 와서 생각해 보면 외지인인 나를 어떻게든 쫓아내거나 길들이려고 하지 않았나 싶다.

처음엔 식사를 대접하고 술도 사주고 지하수까지 제공하며 달래려고 해보았지만, 막무가내였다. 와중에도 나는 한 푼이라도 아껴보려고 노력하던 참이었다. 포크레인 한 대라도 빌리는 값을 아끼려고 동분서주하고 있는데 텃세가 만만치 않으니 몸과 마음이 지칠 대로 지쳤다.

큰 도로와 직선 도로를 만들어 준다고 해도 꼭 ㄷ자 도로를 주장하면서 준공 검사를 못 받게 했다. 공업 지역은 백평이 안 되면 건축을 할 수가 없었다. 사도를 막아 버렸더니 전 주민이 들고 일어났다. 결국 사도법을 보게 되었다. 체질적으로 책상에 앉아서 하는 공부와는 거리가 있었으나 사업체를 책임져야 하는 절박함으로 인해 차근차근 정독할 수 있었다. 그래서 사도법과 관련된 사항 중 '5인 이상 사람이 살면 그 사람들에게 불편하지 않게 하라'라는 문구를 발견하고, 처벌규정이 없는 것 또한 발견하였다.

법률에 따라 주민들이 불편하지 않도록 사도를 곧게 내어주고, 한편으로는 지속적인 대화를 시도했다. 시간이 흐르자 주민들은 자연스럽게 새로 난 사도로 다니기 시작했다. 이후부터는 별다른 방해를 받지 않고 공사에 매진할 수 있었다.

택시기사만 오백여 명

이후 회사는 성장을 거듭했고 총 택시 대수가 늘어났다. 십여 년 만에 이뤄낸 급성장이었다. 회사에는 여유자금이 생겼고 사업에 대한 노하우도 한층 더 쌓였다. 사업 확장에 앞서서 크게 고민하지 않아도 될 만한 자금력과 운영 능력이 생겼다.

우리 회사가 보유한 택시 대수가 팔십오 대가 되었을 때 규모가 훨씬 큰 회사에서 접촉해왔다. 당시 차량 대수가 백사십 대가 넘는 회사였는데 매각 제안을 해 온 것이었다.

고민 끝에 여러 명이 공동으로 인수하기로 했다. 처음에는 동업의 형태로 사업이 운영되었지만, 하나 둘 지분을 나에게 넘기고 떠나 결국 혼자 인수를 하게 된 꼴이 되었다.

택시운전은 교대로 이뤄지니 직원 수는 대부분 차량수의 배에 이른다. 동일운수는 직원 수는 말할 것도 없고 차량 대수만 백사십 대에 이르는 만만치 않은 규모의 회사였다. 그런 회사를 인수하기에 이른 것이다. 십 년 만에 이뤄낸 쾌거였다.

이후 천구백구십 년대를 맞이했고 내 나이는 마흔을 넘어섰다. 당시 택시기사만 총 오백여 명이었다. 대규모 운수회사의 경영자가 된 거다. 기차에 몰래 올라타고 서울로 왔던 열네 살의 소년이 어느덧 불혹을 넘어 수백 명의 직원을 둔 회사의 대표가 된 것이다. 동일운수를 인수하던 날의 감격은 지금도 잊을 수가 없다.

하늘은 스스로 돕는 자를 돕는다

이천 년대 초에는 LPG충전소와 주유소도 만들어 오픈했다. 당시 충전소와 주유소를 지으려고 땅을 매입했는데 지대가 낮아 도로와 육 미터나 차이가 났다. 위치상으로는 그곳만큼 최적의 장소가 없는 것 같아 임원들의 반대에도 나는 그 땅으로 정하고 밀어붙였다.

운 좋게도 건설업을 하는 지인으로부터 매립용으로 허가받은 폐자재를 무료로 제공받을 수 있게 되었다. 당시에 일시적으로 경기가 침체되어 폐자재를 필요로 하는 도로 포장 수요가 현저히 줄어들었을 때였다. 폐자재가 짐만 되고 있는 상황이라고 했다. 때마침 지인의 필요와 나의 필요가 서로 만난 셈이었다.

내 인생에선 절묘한 순간에 이러한 도움이 나타나곤 했다. 그저 운이라고는 생각하지 않는다. 내가 내 인생에 필요한 것들을 놓치지 않기 위해 한시도 한눈팔지 않고 늘 집중했기 때문이리라.

땅을 매립할 수 있는 자재는 적시에 마련할 수 있었지만, 매립용 자재를 나르는 데에는 또 우여곡절이 있었다. 운반을 위한 길을 마련하는 게 영 여의치 않았다. 매립하려는 땅 바로 옆에는 논이 있어서 길을 내기 어려웠다. 그렇다고 차들이 쌩쌩 달리는 대로를 막아놓고 자재를 나를 수도 없는 노릇이었다. 결국 야간을 이용했다. 교통량이 적은 심야 시간대에 밤을 새워 작업했다.

공사하는 중에 또 한 번 절묘하고 아주 신기한 경험을 했다. 땅을 매립해서 다져놓으면 비가 내리는 거였다. 비가 내리면 땅이 굳어져 매립하는 데에는 더할 나위 없이 좋았다. 그다음 날 비가 멈춰서 또 열심히 땅을 다져놓으면 일이 끝나갈 무렵 또 비가 내렸다. 한 며칠에 걸쳐 필요할 때에 비가 왔고, 비가 완전히 멈출 즈음엔 공사가 마무리되었다. 인부들도 입을 모아 이 정도면 하늘이 도운 거라고들 했다. 그렇다고 모든 일들이 마냥 순조롭게 풀리지만은 않았다. 토지 용도 변경부터 인근 토지 소유자들로부터의 항의까지 작지만, 결코 사소하지 않은 일들이 함께 몰아닥쳤다. 그럼에도 나는 성실하게 대화하며 최선을 다해 열심히 작업했다.

오래도록 메우고 다져 땅이 평평해지자 그곳은 완전히 새로운 땅으로 변모했다. 처음엔 팔리지도 않는 쓸모없는 땅을 가지고 뭘할 거냐고들 했다. 하지만 나는 그곳에서 미래를 보았다. 충전소와 주유소 자리로 제격이라고 판단한 거다. 사람들은 건물들이 다 지어지고 나서야 내 안목이 맞았다며 신기해하기도 하고 또 일부는 시기하기도 했다.

가끔 사업을 하려는 후배들에게 말하곤 한다. 원래부터 빛이 나는 걸 닦아서 장사하는 사람은 사업가가 아니라고 말이다. 누구도 발견하지 못한 걸 찾아내 반짝반짝 빛나도록 만드는 게 진짜 사업가다.

푹 파인 땅을 일구고 평평하게 다졌다. 그러자 소위 말하는 때깔 좋은 땅이 되었다. 기둥을 세우고 충전소와 주유소를 짓기 시작했다. 간판이 걸리고 충전소와 주유소가 문을 열자 손님들이 모여들기 시작했다. 회사는 회사대로 편리성을 얻고 비용도 절감되었다. 충전소와 주유소를 찾는 손님들 덕에 부가가치도 높아졌다. 땅값도 이전보다 훨씬 높아졌다.

그렇게 척박한 땅을 높이고 건물을 세운 다음 금곡 가스 프라자라고 간판을 거니 반짝반짝 빛이 났다. 그 후에 한 후배가 찾아와 다음에 자신이 땅을 살 때 꼭 함께 가달라며 부탁까지 했다. 그저 허허 하고 웃었더니 농담이 아니라고 했다. 보는 눈이 다르다며 노하우를 배우고 싶다고 했다. 그래서 도움이 필요하면 언제든지 손을 내밀라고 했다.

나는 내 노하우를 나눠주는 일에 인색한 적이 없다. 다 같이 잘 살아야 하지 않겠는가.

8장.
역경을 딛고 일어서다

❝ 우리 회사의 직원들이 훌륭해서다. 모두 하나같이 회사 일을
남 일이라 여기지 않고 제 일이라고 생각하며 애를 써준다.
말로 다 표현할 수 없을 만큼 감사하다. 직원들이 나를 믿고
따라주니 나 역시 직원들을 한없이 신뢰한다. **❞**

사람이 문제다

잘 곳조차 없어 이곳저곳을 전전해야 했던 사춘기 소년이 어느
새 나이가 들어 수백 명이 되는 회사를 이끄는 수장이 되었다. 하
지만 마냥 기쁨에 취해 있지는 않았다. 사업 규모가 커진 만큼 많
은 일이 벌어졌기 때문이다.

삶은 고속도로처럼 쭉 뻗어있지 않았다. 이후 수많은 사람들
이 돌진하는 차량처럼 달려들었다. 인생이 주는 신호를 위반하고
속도를 위반하며 내게 달려드는 사람들이 있었는가 하면, 깜빡이
도 켜지 않고 무작정 쳐들어와 고래고래 소리지르는 사람들도 있
었다. 그외에도 자기가 보복 운전을 하고서도 적반하장으로 나오
는 사람 등 상상을 뛰어넘을 정도로 희한한 경우를 참으로 많이 만

났다. 제아무리 중심을 잡으려고 해도 제멋대로 나를 흔들었다. 탄탄대로 같은 인생의 도로에도 절벽처럼 막다른 곳이 나타나기도 한다는 걸 알려주는 사건들을 겪었다.

주변에서 돈 때문에 문제가 커졌다거나 돈 때문에 싸운다는 말을 자주 듣곤 한다. 그러나 실은 돈 때문이 아니라 사람 때문인 경우가 많다. 사람을 제일 조심해야 한다는 얘기를 주변에서 많이 듣곤 했다. 그럼에도 나는 사람이 좋았다. 내 사람이라는 확신이 들면 아무 조건 없이 믿고 일을 맡겼다. 그런데 그랬던 내가 사람에게, 그것도 내가 아끼던 직원에게 뒤통수를 세게 맞고 말았다. 내 나이 예순 때였다.

계산을 잘못해 돈을 잃는 건 하는 수 없다. 내가 욕심을 부려 손해를 본 것도 온전히 내 책임이다. 그러나 가까운 사람에게 배신을 당하다니. 한참 성공의 가도를 달리는 가운데 평생 잊지 못할 원통한 사건이 생겼다.

수백 명의 직원이 함께 힘을 모아 회사를 이끌어 가고 있을 때였다. 회사 규모가 커지자 내가 사회적으로 하는 일이 많아졌다. 내가 이루어낸 것들을 사회에 돌려주기 위해 많은 봉사활동을 병행할 때이기도 했다.

당시에는 많은 회사들이 경리직의 직원에게 대부분의 결제를 믿고 맡기곤 했다. 나 역시 가족처럼 일 해주는 경리직원을 무척 신뢰했다. 꼼꼼하게 일을 처리하고 누구보다 성실히 일했다. 그러나 그게 눈속임이었다는 건 뒤늦게야 깨달았다.

당시에 나는 대형 운수회사의 대표였기에 곳곳에서 많은 일을 부탁해 왔다. 누가 무슨 부탁을 해오건, 대부분 수락했다. 사회에 도움이 되는 일이라면 발 벗고 나섰다. 검찰청 범죄예방 지부장도 하고 위원장도 도맡아 했다.

직원이 수백 명이나 되니 시간을 쪼개고 쪼개도 항상 모자랐다. 그러다 보니 모든 회계 일은 경리에게 온전히 일임할 수밖에 없는 상태였다. 그런데 내가 신임한 경리 직원은 내가 바쁜 틈을 이용했고 자신을 믿어준다는 걸 악용했다. 내 신망을 얻었다는 걸 알자 온갖 기막힌 일들을 다 벌였다. 값비싼 명품을 사 입고 외제차를 구입한 건 새발의 피였다. 가장 기막힌 일은 따로 있었다. 바로 나와 같은 업계에서 일하며 의형제를 맺은 어느 한 사람과 공모해 수많은 돈을 뒤로 빼돌렸던 것이다.

내게는 직원이 가족과 같았다. 수백 명의 직원들이 나를 믿고 따라주었다. 서로가 서로를 신뢰하는 회사 분위기로 인해 우리 회사는 평판이 높았다. 일하고 싶은 회사, 택시 기사로 취업하면 오래도록 일하는 회사로 소문이 나서 다른 운수회사에서 부러워했다. 우리 회사를 롤모델로 삼고 싶다는 후배 경영자들도 많았다. 그런데 미꾸라지 한 마리가 맑았던 물을 온통 흙탕물로 만들어 놓고 말았다. 상상하지도 못했던 일이었다.

어느 날 퇴근해 보니 독촉장이 날아와 있었다. 대체 무슨 독촉장인가 하고 살펴보다가 그야말로 기겁했다. 곧장 쓰러질 것만 같았다. 내가 수도 없이 돈을 빌리고 갚지 않은 상태로 되어 있었다. 한두 푼이 아니었다. 상상을 초월하는 금액이 쓰여 있었다.

자세히 확인해 보니 경리가 회사 차원으로 빌려간 금액이라고 했다. 그 돈뿐만이 아니었다. 거래처에서도 많은 돈을 끌어다 쓴 뒤였다. 황망한 마음으로 거래처 사장들에게 왜 미리 말을 해주지 않았냐고 묻자 이런 대답이 돌아왔다.

"김회장님을 믿었기 때문에 그저 기다렸습니다. 회장님이 돈을 떼먹으실 분은 아니지 않습니까."

그래서 지급할 돈이 엄청나게 밀려있는데도 나와 친한 거래처 사람들은 그저 기다렸던 거라고 했다. 행여나 말을 하면 독촉하는 것으로 비칠까 싶어서 그것도 삼갔단다. 경리는 그렇게 내가 쌓아온 신뢰와 신용을 망가뜨리고 짓밟았다.

서둘러 사정을 알아봤다. 경리는 이미 엄청난 금액을 내 명의
로 빌려와 빼돌린 후였다. 돈을 빌리려고 어음까지 맡겨 놓았다고
했다. 회사 돈을 자기 멋대로 사용해 놓고 모자라면 다른 곳에서
끝도 없이 어음 처리까지 하며 돈을 빌려온 상태였다. 경리는 회계
에 대해선 누구보다 잘 알고 있는 사람이었다. 어음 활용법에 대해
모르는 게 없었는데 배우고 익힌 걸 죄다 끌어와 착복하는데 활용
했던 거다.

어음을 가져와 직접 확인해 보니 가짜 도장이 찍혀 있었다. 어
설프게 위조한 도장을 가지고 수많은 돈을 빌리거나 빼돌렸던 것
이다.

그러는 사이 경리는 도망가 버렸고 나는 졸지에 어음을 갚지
않은, 혹은 갚지 못한 사람이 되어버렸다. 미칠 노릇이었다. 총 금
액이 무려 5년간 23억 원이었다. 더욱 기가 막힌 건 경리와 공모했
다는 사람이었다. 앞에서도 말했지만, 나와 의형제처럼 지내던 그
는 동종 업계에서 일하는 사람으로 이웃 주민이기까지 했었다. 그
의 실명은 밝힐 수 없으니 김사장이라고 칭하겠다. 김사장은 뻔뻔
한 얼굴로 자신의 죄를 인정하지 않았다. 되려 상황이 명백한 데

도, 나의 체면을 지키기 위해 어음 건을 말하지 않고 있었다는 헛소리를 늘어놓았다. 작정하고 가면을 쓴 채로 짜고 덤비는데 그걸 이길 장사가 몇이나 있을까. 경리의 배후에는 바로 그가 있었던 것이다. 김사장은 내 모든 사업체를 한 번에 삼키려는 전략을 짜고 있었던 것이다.

당시 서울에서 우리 집을 짓고 있는 중이었다. 아들이 어느 날 내게 이렇게 말했다. "아버지, 이제 하산합시다." 그때까지는 아직도 높은 언덕배기에 살던 터라 아들이 학교와 학원을 다니는 데 많이 불편했다고 한다. 나는 당장 집 지을 자리를 알아보고 땅을 구했다. 남준 씨와 아이들을 위해 집을 제대로 지어 올리고 싶었다. 그러한 내 마음을 그 김사장이란 작자도 알았다는 게 문제였다.

김사장은 나와 같은 동네에 살던 터라 우리 집 사정도 다 알고 있었다. 김사장은 그것까지 이용한 것이다. 지금 생각해 보면 참으로 이상했다. 아무리 친한 사이라고는 하지만, 집을 짓는 동안 한두 가지를 간섭한 게 아니었다. 돈이 들어가는 것들을 자꾸 더 해놓으라고 권했다. 그의 이야기를 듣고 설치한 게 한둘이 아니었다. 주택인데 에어컨을 열 대나 설치하도록 유도했다. 알고 보니 어음을 모으면서 내가 더 많은 곳에 돈을 쓰도록 했던 것이었다. 그래야 이후 어음을 결제하지 못하면 자신이 모든 걸 가질 수 있다는 속내를 품고 있었다.

수감에서 집행유예로

이후 해결하기 어려운 복잡한 일이 수도 없이 벌어졌다. 결국 나는 수감되기에 이르렀더랬다. 그나마 다행이라면 민사로 해결이 될 사안까지 내려갔다는 것이다. 짧은 글로는 모든 이야기를 설명할 수 없을 만큼 지난한 과정이 이어졌다.

잘못은 다른 사람이 저질렀는데 정작 벌은 내가 받아야 하는 상황이었다. 그 과정에서 빚어진 짧은 이야기 하나를 전하고 싶다.

김사장은 나와 같이 법정에서 구속되었다. 내가 아직 그의 참모습을 알기 전, 김사장은 내가 가진 공무원들과의 친분을 알고는 그들과 술자리를 마련해달라고 했다. 하도 사정하길래 어렵사리 자리를 마련했는데, 그 자리에서 사단이 터지고 말았다. 그렇게 해서 가진 고위 공무원들과의 술자리에서 김사장은 감추었던 됨됨이대로 혀를 잘못 놀렸다. 나를 가리키며 자신이 키웠다는 헛소리를 지껄이더니 제 입으로 공무원에게 뇌물을 건넨 사실을 털어놓았다. 그걸 들은 한 공무원이 고발해 김사장도 나와 함께 형사재판을 받게 되었다. 같은 자리에 있던 고위 공무원들도 줄줄이 사표를 내고 처벌받았다. 당시 뉴스에도 오르내리던 엄청난 사건이 김사장 입놀림 탓에 터진 것이다.

재판날의 경험을 들려드리고 싶다. 드라마틱하게도 같은 날 같은 건물에서 민사와 형사 재판을 동시에 받았다. 나는 일 층에서 형사 재판을 받아야 했으니 직원을 시켜 이 층의 재판을 방청하게 했다. 한참 재판을 받고 있는데 다른 층의 민사 재판이 벌써 끝났는지 직원이 내려왔다. 재판장에 들어선 직원은 나와 눈이 마주치자 수신호를 보내기 시작했다. 손날을 들더니 목에다 대고 자꾸 흔드는 거였다. 그걸 보는 순간 나는 민사 재판에서 졌다고 짐작했다. 이제 죽었구나 싶은 마음에 가슴이 바닥까지 내려앉았다. 그런 황망한 마음으로 나는 법정 구속까지 당했다. 내 인생의 가장 암울한 순간이었다. 구속까지 당했는데 민사 재판에서마저 지다니.

그런데 그날 내가 수감된 교도소로 찾아온 직원이 이렇게 말을 했다. "회장님, 민사재판은 우리가 이겼습니다!" 직원이 수신호를 잘못 보낸 거였다. 목에다 손을 대고 자꾸 흔든 게 우리가 이겼다는 표시였다니! 직원이 어설픈 수신호로 승소를 잘못 전달한 바람에 나는 하루 사이에 지옥을 몇 번이나 맛보았다. 그래도 저녁에나마 승소한 사실을 알게 되어 다행이었다. 이제 살았다는 생각이 들었다. 다시 한번 삶에 대한 의지를 확고하게 한 순간이었다.

검찰청에 끌려가던 날은 공교롭게도 중학교에 다니던 딸아이가 유학을 위해 영국으로 떠났던 날이었다. 남준 씨 혼자 딸의 유학길에 잠시 따라갔다가 어린 딸을 떼어놓다시피하고 한국으로 급하게 되돌아왔다. 내가 안양 교도소에 수감되었기 때문이다. 나는 가슴이 터질 것처럼 아팠다.

내가 교도소에 있는 동안 가족과 회사 직원들이 아침 아홉 시만 되면 면회왔다. 고작 십 분 동안 면회를 하자고 매일 같이 나를 찾아온 것이다. 짧은 면회 시간 동안 회사 돌아가는 사정을 들었다. 기사들이 똘똘 뭉쳐 회사를 살리겠다고 고군분투하고 있다는 소식도 전해 들었다. 가족과 직원들이 없었으면 교도소에서의 시간을 어찌 이겨낼 수 있었을까. 그들을 매일 보면서도 정말 그리운 사람이 또 있었다. 손자 녀석이었다. 내 눈앞에는 당시 세 살이던 손자 녀석이 가장 크게 어른거렸다. 눈물이 날 지경이었다.

그러던 어느 날 꿈에도 그리던 손자가 아장아장 걸으며 면회실로 들어섰다. 보고 싶으면서도 차마 교도소 같은 험한 곳으로 어린 손자를 데려오라 할 수 없어 애만 끓이던 참이었다. 손자를 데리고 온 남준 씨가 말했다. "아니, 얘가 할아버지 죽었냐고 묻는 거예요."

손자가 할아버지를 그렇게 찾더란다. 왜 안 오냐고 혹시 죽은 거 아니냐고 하는 말에 남준 씨는 마음이 무너졌다. 그래서 하는 수 없이 교도소에 손자를 데리고 올 수밖에 없었다는 것이다.

아이는 잿빛 교도소 안에서도 천진난만했다. 할아버지를 보고 그저 반갑다고 웃음을 터트리더니 커다란 교도소 안을 휘휘 둘러보며 여기가 어디냐고 연신 물었다. 뭐라고 답을 해야 했을까? 평소에도 곧잘 농담을 즐기던 나는 교도소에서도 손자의 물음에 우스운 대답을 떠올렸다. "할아버지가 지금 대학교에 왔단다." 교도소를 가리켜 대학교라 부르며 이제 곧 졸업이라고, 그러면 집에 돌아갈 수 있다고 손자를 안심시켰다.

그 후로 웃음 많은 청년이 된 손자는 큰 건물만 보면 내게 이렇게 농을 던진다. "저기 할아버지 다니는 대학교 아니에요? 우리 할아버지 벌써 4학년 되셨으니 이제 곧 졸업하셔야겠어요." 손자는 농담 잘 하는 것도 나를 닮았다.

그렇게 교도소에서 무려 석 달을 살고 집행유예를 받았다. 억울하고 분통한 시간을 보내고 내게 삼 억으로 조정된 내용이 날아왔다. 그렇게 조정하기까지의 과정은 너무도 지난하여 제대로 설명하기조차 어렵다. 결국 내가 전적으로 신뢰하던 직원 한 명과 또한 나와 호형호제하던 김사장이란 작자 때문에 억울한 생활을 해야만 했고 삼 억이라는 큰돈을 변제해야 했다. 짜고 치는 고스톱으로 인한 피해는 내가 입었는데, 돈은 외려 내가 갚아야 하다니. 이루 말로 다 형용할 수 없을 만큼 억울했다. 그래서 항소까지도 생각했지만, 그러면 또 많은 시간을 허비해야 했다. 나는 나를 기다리고 있는 가족과 직원들을 떠올렸다. 나는 그들과 함께, 또한 그들을 위해 시간을 보내야 했다. 그래서 항소를 포기했다. 일 억씩 몇 차례에 걸쳐 묵묵히 치렀다. 이미 지난 일에 목숨을 걸 필요가 없다는 생각이 들었다. 하루라도 빨리 원래의 자리로 되돌아가고 싶었다. 같은 실수를 반복하지 않겠노라고 마음을 다잡고 또 다잡았다.

비 온 뒤에 땅은 굳어진다

억울하고 분통했지만, 나는 빠르게 복귀했다. 그게 가능했던 건 어떤 경우라도 나를 믿어준 직원들 덕분이다. 내가 없는 동안 직원들은 하나같이 열심히 일해주었다. 회사의 대표가 억울한 일을 당하고 있으니 우리가 더 열심히 일해야 하지 않겠냐며 불철주야 노력해 주었다고 했다. 가슴이 뭉클했다. 지금 생각해도 한없이 고마운 일이다.

한때 망한다는 소문까지 돌았던 회사였다. 일부 직원들은 퇴직금을 받을 수 있을 때 관둔다고 나가버려 한때는 택시가 삼 분의 일 정도밖에 운행하지 못한 적도 있었다. 하지만 남은 직원들은 나와 함께 버텨 주었다. 일 년 가까이 되는, 짧지만 긴 시간을 말이다.

그 시간을 이겨내자 우리 회사는 인천에서 배차가 제일 잘 되는 회사로 이름이 났다. 단합에 있어서도 우리 회사를 따라올 곳이 없었다. 많은 운수업체가 우리 회사를 부러워하는 이유다. 이게 다 우리 회사의 직원들이 훌륭해서다. 모두 하나같이 회사 일을 남 일이라 여기지 않고 제 일이라고 생각하며 애를 써준다. 말로 다 표현할 수 없을 만큼 감사하다. 직원들이 나를 믿고 따라주니 나 역시 직원들을 한없이 신뢰한다. 회사는 큰 위기를 겪었지만, 직원들의 아량과 성실함 덕에 무너지지 않았다. 회사는 다시 성장 가도를 달렸다.

인천에서는 이제 동일운수가 택시 사업의 모범이자 기준이 될 정도였다. 임금 협상 등 회사에서 일어날 수 있는 여러 문제도 동일운수를 따라 하면 된다는 평판까지 얻었다. 그러다 보니 우리는 더욱 열심히 하게 되었다. 운수업계의 길라잡이가 되었기 때문에 허투루 경영할 수 없게 된 것이다. 하지만 조금도 부담스럽지 않다. 상생, 다 같이 어우러져 잘 사는 것. 이게 바로 내가 원하던 꿈 중 하나이다. 비단 우리 회사만이 아닌 인천 택시 업계 전체가 상생할 수 있는 기틀을 닦게 되었다고 자부한다.

후배의 부탁

폐기물 사업을 하던 후배가 있었다. 한데 난데없이 운수회사를 인수하겠다고 해서 좀 엉뚱하다 싶었더랬다. 검단교통이라는 운수회사였다. 당시 검단교통의 차량 수가 칠십여 대였고 직원은 백오십여 명쯤 되었으니 만만한 규모가 아니었다. 그래도 사업이 잘 되어 다른 업종으로 영역을 확장하나보다 싶었다. 나와 같은 업종으로 사업한다고 하니 열심히 해보라고 격려하며 조언도 해주었다.

그런데 얼마 지나지 않아 우리 집으로 찾아왔다. 다른 업종의 사업을 하던 사람이니, 운수회사 운영에 대한 자문을 구하려고 왔나 싶었는데 그게 아니었다.

후배는 검단교통을 인수하기 위해 이미 몇 억 원에 이르는 중도금을 치른 상태였다. 그런데 얼마간 일을 해보고는 두 손 두 발다 들었다고 했다. 자신은 절대 못 하겠더란다.

폐기물 사업도 지혜롭게 잘 운영했던 후배이니, 운수업도 알아서 잘 하려니 생각했다. 그런데 그게 아니었던 모양이다. 운수사업은 전에 하던 업종과 전혀 다르다 보니 계획한 대로 운영한다는 게전혀 만만치가 않았다는 것이 아닌가. 같은 경영인으로서 후배의입장을 충분히 이해했다. 원래 하던 사업을 확장하려고 해도 버겁게 마련이다. 더욱이 전혀 해보지 않은 일인데다 규모도 제법 있으니 만만했을 리가 없다.

그러나 후배는 그저 힘들다는 푸념만 하러 온 게 아니었다. 대뜸 내게 운수회사를 인수해 달라고 했다. 생각지도 않은 제안에 나는 무척 당황할 수밖에 없었다. 처음엔 당연히 받아들일 수 없었다.

사업은 나 혼자만을 위한 게 아니다. 하나와 하나를 합쳐 둘로늘리는 것처럼 셈이 단순하지 않다. 회사를 인수하려면 많은 금액

이 필요할 뿐만 아니라 늘어난 직원들도 책임져야 한다. 경영이 잘
못되면 많은 사람이 고통을 겪게 된다. 그래서 쉽게 결정하지 못하
고 오래 망설였다. 게다가 나는 이미 커다란 운수회사를 운영 중이
었다. 그런데 당장 또 하나의 회사를 더 운영한다? 만만한 일일 수
가 없었다. 내가 인수하는 건 아무래도 부담이 될 듯했다. 고민 끝
에 다른 사람을 소개해 주었지만, 그 역시 어려운 일이라고 생각한
건지 단번에 거절했다.

　후배는 자꾸만 내게 직접 인수해 달라고 부탁했다. 그러나 당
시엔 내가 사업을 더 크게 확장하거나 인수하려는 계획이 없었다.
게다가 갑자기 큰 인수금을 마련해야 한다는 것 또한 쉬울 리 없었
다. 그런데 그때 후배가 십오 억에 달하는 인수금을 이 년간 무이
자로 빌려줄 테니 인수해 달라고 부탁했다(무이자 대출 기한에 대
한 후배의 말은 후에 이 년에서 일 년으로 바뀌었다). 경험도 많으
니 잘 할 수 있지 않겠냐며 말이다.

　솔직히 십오 억이라는 큰 금액을 일 년이건 이 년이건 한 푼의
이자도 받지 않고 빌려준다고 하니 나쁜 조건은 아니었다. 얼마나
감당하기 힘들면 그런 조건을 제시하는 건가 싶은 생각이 들었다.
검단교통이 어쩌면 내게 운명일지도 모른다는 생각도 들었다. 하

지만 그렇다고 무작정 회사를 인수할 수도 없는 노릇이었다.

고민에 고민을 거듭하던 참에 후배가 자신의 처까지 우리 집으로 불러냈다. 후배 아내가 말하기를 만약 남편이 운수업을 한다면 같이 살 수 없겠다고 말하는 게 아닌가. 이혼을 운운하는 부부를 앞에 두고 이를 어쩌나 싶었다. 산 넘어 산이었다. 결국 이 산을 내가 대신 넘어가 줘야 하는 건가 싶었다. 후배를 보니 가정에 분란이 일어난 듯하여 마음이 안 좋았고, 회사를 인수하자니 사업체 운영이 만만한 게 아니어서 결정이 쉽지는 않았다.

사실 검단교통 인수에는 많은 반대가 있었다. 인수 당시 내 나이가 벌써 예순을 바라보고 있었다. 게다가 운수업의 미래 사업성이 좋지 않다고 판단한 임원들이 반대하고 나섰다. 하지만 나는 굳게 마음을 먹고 사업을 더 확장해 보기로 하였다.

새로운 회사를 운영하려면 면밀한 조사가 필요하다. 검단교통에 대해 알아보니 두 개의 노조가 형성되어 있었다. 하나는 오랜 시간 같은 업계에서 일하며 이미 알고 있는 사람들이었다. 그런데 나중에 생긴 또 하나의 노조는 일면식도 없는 사람이 조합장으로 있었다. 원래 택시 업계에 있던 사람이 아니라 다른 데에서 일하다 온 사람이었다.

검단교통을 인수했던 후배가 그 조합장과의 만남에서 있었던 일을 들려주었다. 어느 날 조합장이 술자리에 후배를 부르더란다. 후배는 술이 퍽 약했는데, 조합장과 대작을 하다 거의 쓰러질 지경이 되고 말았다. 후배가 비틀거리자 그 틈을 타서 조합장이 험악한 분위기를 만들더니 협박하기 시작했다. 어느 영화에서처럼 의수를 빼 들어 보였다는 것이다. 회사를 잘 운영하려면 다른 누구도 아닌 바로 자기에게 잘 보여야 한다는 협박 아닌 협박에 후배가 지레 겁을 먹고 회사 운영을 포기했다는 걸 알게 되었다.

물론 정당한 걸 이야기한다면 회사에서 받아들이는 것이 맞다. 하지만 그게 아니었다. 게다가 그 사람이 조합장으로 있는 노조에서는 회사를 상대로 노동청에 무려 이백팔십 건에 가까운 고소까지 해둔 상태였다. 같은 건수를 가지고도 노조원들이 제각각 신고를 하니 수가 터무니없이 불어난 것이었다. 그런 경우 회사의 대표는 일일이 해명을 하러 다녀야 한다. 후배가 겁을 먹고 포기할 만 했다.

원칙을 주장하다

나는 먼저 내 후배를 협박한 조합장부터 만났다. 내 앞에서도 그는 의수를 빼 들며 협박하려 했다. 하지만 나라를 위해 다친 국가 유공자도 아니고, 실수로 다친 걸 가지고 남을 협박하려 드는 사람에게 나는 굴복할 생각이 없었다. 나는 겁을 먹었던 후배와는 달리 큰소리로 맞섰다.

"장마철을 기다리시오." 느닷없는 내 말에 그가 황당한 표정을 지었다. "원칙 없이 일방적으로 제 요구만 하는 사람들에게 나는 한 치도 양보할 생각이 없소."

장마철을 기다리라는 내 말은 그의 협박에 대한 맞대응이었다. 그의 나머지 팔도 뽑아 장마철의 인천 앞바다에 내던질 테니 각오하라는 뜻이었다. 후배와는 다른 반응에 그도 움찔했다. 겁먹은 게 역력한 얼굴로 그제야 내 눈치를 살피기 시작했다.

나는 원칙을 주장했다. 원래 나의 원칙은 직원들에게 최대한 자율성을 보장해주는 것이다. 배차를 나가고 싶으면 나가고 들어오고 싶으면 알아서 들어오게 했다. 기사 각자의 사정에 맞게 일을 할 수 있게끔 해 주었다. 자율성이야말로 최고의 값어치를 만든다고 생각했다. 그건 지금도 마찬가지다. 직원들의 자율성을 존중하는 것이 나의 경영 방식이자 원칙이다. 자유롭게 일하고 일한 만큼의 대가를 가져가는 단순하고 당연한 원칙 말이다. 그때도 지금도 이 원칙은 변하지 않았다.

하지만 고소 고발을 남발하는 노조 측에 대해서는 자율성을 허용하지 않았다. 명시된 업무 시간을 정확히 지키라고 했다. 운전하다 보면 본인의 사정도 있지만, 도로 사정과 승객의 사정이 겹쳐 제시간에 맞춰 배차하고 교대하기가 쉽지 않다. 그래서 노사 간에 서로 암묵적으로 융통성 있게 서로의 사정을 보며 맞춰 왔던 것이다. 한데 그쪽 노조에서는 무작정 자신들만 이로운 쪽으로 고집을 부렸다. 게다가 면밀히 조사해보니 열 시간을 일했다고 주장하지만 겨우 다섯 시간을 일하고 부풀렸다는 것도 알게 되었다.

회사를 경영하며 나는 철칙을 세웠다. 명분이 부족한 경우는 그 무엇도 용납해주지 않는다. 노사가 한 배를 타고 가야 할 상황이면 더욱 분명히 해야 했다.

후배의 기를 누르며 회사를 압박한 문제의 노조에게 당당하게 맞섰다. 그러자 노조에서는 나를 노동청에 고소했다. 회사에서 편파적으로 운영을 한다는 게 이유였다. 원칙대로 했을 뿐이니 편파

적이라는 그들의 주장은 어거지에 불과했다. 노동청에서도 그들의 손을 들어주지 못하는 건 당연했다.

그렇게 보름간 시간을 정확히 정해 운영했다. 그랬더니 모두 견디지 못했다. 결국 한 달 만에 억지 고집을 피우던 그 노조는 해산되고 말았다.

상황보다 사람을 보다

한 직원이 말하길, 나보고 땅을 보는 안목이 있단다. 사실 내가 땅에 대해 무얼 알겠는가. 그리고 건축에 대해서는 또 무엇을 알았으랴. 엄청난 금액으로 뒤통수를 맞고도 회사가 무너지지 않고 일어선 데에는 재개발의 몫이 컸다. 회사 부지를 포함한 일대가 재개발되면서 우리가 시공하게 된 것이었다. 그때는 환지(換地)며 시공이며 아는 게 하나도 없었다. 그럼에도 불구하고 나는 건축에 뛰어들기로 결단을 내렸다.

처음엔 직원들 모두가 말렸다. 지레 겁을 먹는 직원들을 설득해 일 년이 넘는 시간을 함께 공부했다. 그리고 이천십칠 년, 우리는 십삼 층짜리 건물을 지어 올렸다. 그 과정도 참으로 다사다난했다. 제안서만 수십 건이 넘게 들어왔다. 대형건설사와 오랜 기간 다툼도 벌여야 했다. 모르는 게 있으면 같이 공부하며 애를 쓰는 직원들과 바로바로 의견을 나누었다.

그만두고자 했던 순간이 왜 없었겠는가. 주위를 둘러보면 붉은 철골만 올라간 채 짓다 만 건물이 태반이었다. 그런 걸 볼 때마다 나는 오히려 주먹을 불끈 쥐며 각오를 다졌다. 여기서 포기하면 김복태가 아니지. 건물이란 걸 함부로 지으면 절대 안 될 일이니 밤을 새워가며 시공에 대한 공부를 거듭했다. 제안서들을 면밀하게 비교하고 검토하며 백방으로 뛰었다.

난생처음 뛰어든 건축업을 통해 참 많은 인연을 새로 만날 수 있었다. 배포와 배짱만 있는 사람을 만난 게 아니다. 실력도 있는, 보자마자 신뢰감을 느낄 수 있었던 사람도 만났다. 그 사람과의 인연을 얘기하고 싶다.

위에서도 얘기했지만, 건물을 짓겠다는 건설사의 제안서만 수십 건을 넘게 받았다. 직원들과 함께 밤낮으로 조사하고 알아본 끝에 후보사를 두 곳으로 좁혔다. 둘 중 어느 한 곳으로 쉽사리 정하기 어려울 정도로 실력이 엇비슷했다. 그 중 한 곳은 탄탄한 회사였지만, 힘든 고비를 넘기고 이제 막 안정을 되찾아 규모가 다소 축소된 곳이었고 다른 한 곳은 이제까지 별다른 어려움 없이 순탄하게 경영을 이어온 곳이었다.

　나와 함께 고락을 같이 해온 직원과 함께 어려운 고비를 막 넘긴 회사를 먼저 찾아가기로 했다. 같이 간 직원은 내게 조언했다. "회장님, 절대 여기서 바로 확답을 주시면 안 됩니다." 두 곳을 잘 비교해 보고 시간을 들여 결정하자는 말이었다. 나도 그 생각에 수긍했다. 몇백억 규모의 커다란 사업이니 섣불리 결정해선 안 되는 일이었다.

　그렇게 찾아간 첫 번째 회사의 사무실은 부평의 오피스텔에 자리했다. 생각보다 크지 않다고 생각하면서도 이상하게 부정적인 소감이 들지 않았다. 회사의 분위기부터 낯설지 않은 게 어쩐지 우리와 인연이 될 것 같다는 예감이 들었다. 그쪽 직원의 안내를 받아 회장실로 향했다. 문을 열고 나를 반기는 회장의 얼굴을 보는데, 문득 예전에 내가 위기에 닥칠 때마다 나를 도와주었던 인연들이 떠올랐다. 하지만 나는 곧 고개를 저었다. 일생일대의 결정을 내려야 하는 순간이니 보다 더 이성적으로 처신해야 했다. 나는 마음을 다잡고 자리에 앉았다.

회장과 마주 앉아 본격적으로 이야기를 나누는데 그의 등 뒤로 금고가 하나 보였다. 위압적으로 보란 듯 자리 잡은 금고는 아니었다. 흔히들 사무실에 놓을 법한 디자인의 금고였다. 그런데 그 금고를 보고, 다시 회장의 얼굴을 마주하는데 마음속으로 직감이 떠올랐다. 바로 이 사람이다!

사실 내가 왜 그런 생각을 했는지 나도 잘 모르겠다. 하지만 회장의 인품이 바로 엿보였다. 단 한 번 만난 사이인데도 신뢰가 가는 거였다. 그래서 이렇게 운을 떼었다. "회장님 등 뒤의 금고가 보이시지요?" 회장이 금고를 뒤돌아보았다. 아마도 내가 무슨 소리를 하나 싶었을 것이다. "저 금고 안에 얼마나 큰 돈이 들었을지는 저도 모릅니다." 같이 간 직원도 나를 돌아보았다. 모두 의아한 표정을 지었지만, 잠자코 나의 다음 말을 기다렸다. "저 금고 안에 값나가는 게 얼마나 들었는지는 모릅니다만," 결정의 순간이었다.

"하지만 저는 회장님과 계약하고 싶다는 생각이 듭니다. 회장님을 직접 뵈니 확신이 들었습니다. 회장님이 책임지고 최선을 다해 빌딩을 지어주시리라는 확신 말입니다."

회장도 놀라고 같이 간 직원도 놀랐다. 직원이 황급히 나를 말렸다. 만나기로 약속한 다른 회사도 있지 않느냐고 당황하여 말했다. 나는 한 손을 들어 그를 제지했다. 다른 회사와는 미팅할 필요도 없었다. 왜냐하면 바로 내 앞에 앉은, 처음 보는 회장에게서 나는 무한한 신뢰를 느꼈기 때문이었다. "회장님이라면 사나이 간의 약속을 배신하지 않고 잘 지키시리라는 믿음이 들었습니다." 나의 그 말이 곧 확답이 되었고 계약이 되었다.

내 직감은 맞았다. 누군가는 그걸 결단력이라고도 부르리라. 시공을 계약한 건설 회사의 회장은 누구보다 훌륭하게 일을 해주었다. 건물은 그가 내게 약속하고 또 계약한 대로 주변의 어떤 건물보다도 튼튼하고 멋지게 지어 올려졌다.

일 년 반이라는 기간 동안 우리는 함께 신나게 일했다. 시행과 분양을 하는 시간은 삼우운수, 동일운수, 검단교통, 충전소와 주유소를 세우고 운영하던 시간에 버금가는 흥분된 기간이었다. 완공을 기다리는 동안 단 한 번도 초조한 적이 없다. 매일 성공을 가늠했고, 건물이 완성됨에 따라 성공도 함께 윤곽을 드러냈다.

건물은 백 퍼센트 분양이 되었다. 요샛말로 완판된 것이다. 지금은 지역의 랜드마크로 당당하게 자리 잡고 있다.

건물을 다 지은 다음에 같이 고생한 직원들에게 고맙다고 하자 오히려 나보고 감사하단다. 모든 게 내 덕분이라고 했다. 하지만 과연 그 모든 것이 어찌 내 직감과 안목으로만 이루어졌을까. 아니다. 나 혼자만의 힘으론 할 수 없었던 게 분명하다.

그래도 쑥스럽게나마 밝히자면, 내게 보는 눈은 있는 것 같다. 그러니 건물이 지어져야 할 자리를 바로 알아보고, 좋은 직원들을 얻고, 신뢰할 수 있는 건설사도 만날 수 있지 않았겠는가. 내 안목은 그동안의 치열하고도 고단했던 삶이 내게 안겨준 선물이라는 생각이 든다.

내가 운명처럼 만난 그 회사의 이름은 금강건설이다. 금강건설의 회장님과는 두고두고 좋은 인연이 되었다. 좋은 인연에 대한 선물도 드렸다. 금거북이었다. 배에다 무병장수라고 새긴 다음 선물로 드리니 금강건설의 회장님도 감동했다. 여담이지만, 그렇게 지은 건물의 이름이 비전프라자이다. 내 고향 화수리 비전마을과 그 이름이 같다. 이 또한 좋은 인연의 징조라 믿는다.

건물을 잘 지은 덕분에 배신을 당하며 어려워졌던 사정들도 모두 해결되었다. 운수회사로 성장하며 갖은 어려움을 다 겪었지만, 결국엔 탄탄한 기반을 마련할 수 있었다. 우여곡절을 거쳤지만, 한마음 한뜻으로 회사가 움직여 준 덕분이었다.

사옥도 새롭게 증축했다. 당연히 직원들의 편리성을 먼저 고려했다. 기사님들이 많은 회사로서 가장 필요한 것이 무엇일까 고민했다. 직원 식당을 제일 먼저 떠올렸고 직원들의 편의를 위해 기숙사도 마련했다. 체력단련실은 물론 옥상 정원도 만들었다. 직원들이 편하게 드나들며 일을 할 수 있는 곳. 그게 내가 가장 주안점을 둔 부분이다.

9장.
사람 중심의 경영철학

66 나의 경영방침은 언제나 사람을 향해 있다.

인간 중심의, 직원 중심의 기업문화를 만들어 가는 게

내 영원한 바람이다. 99

택시회사에 왠 구내식당?

직원들이 바쁠 때면 가끔 끼니도 거르고 일한다는 말을 들은 적이 있다. 어쩌다 한 번 정도 그럴 수는 있다. 운수업이라는 것이 사무실 안에서 책상에 앉아서 하는 일이 아니고 일정한 시간에 따라 할 수 있는 일도 아니다. 일의 특성상 식사 시간을 정확하게 맞추기가 어려운 것도 사실이다. 그렇기에 나는 직원들에게 비록 정확히 식사 시간을 맞추지는 못해도 최소한 끼니를 거르지는 말라고 이야기한다.

다 먹고 살자고 하는 일이지 않느냐는 헛된 말은 하지 않는다. 오직 먹고 살자고 일을 하는 게 아니다. 보다 윤택하게 살기 위해서 먹어야 한다고, 기왕이면 잘 챙겨 먹어야 한다고 나는 생각한다.

직원 중 누군가 끼니를 챙기지 않았다는 말을 들을 때마다 나는 이렇게 말한다.

"우리 회사는 다른 택시회사와 달리 구내식당이 있지 않습니까. 그러니 굶지 말고 일하세요. 한 끼쯤 뭐 어때, 하고 생각하지 마세요."

그렇다. 우리 회사에는 구내 식당이 있다. 택시기사들의 식사라고 하면 기사식당이 떠오를 것이다. 일반 회사에서는 사무직이나 생산직을 대상으로 식당을 운영하기도 하지만, 택시회사에서 식당을 운영하는 경우는 없다.

나는 배가 고프면 아무것도 할 수 없다고 생각하는 사람이다. 아무리 먹기 위해 사는 건 아니라지만, 제대로 살기 위해서는 잘 먹어야 한다. 좋은 에너지를 몸에 축적해야 일도 즐겁게 할 수 있다. 그래서 끼니를 챙기는 건 정말 중요한 일이라고 여긴다. 어려서 배만 곯지 않았더라도 할 수 있었던 일이 참 많았다. 배고파 절절맸던 시간만 합쳐도 집 몇 채는 지었을 거라고 늘 말하곤 한다. 그러니 끼니는 반드시 챙기라고 늘상 강조한다. "일하다가도 끼니때가 되면 꼭 와서 식사하세요. 배가 고프면 아무 생각도 나지 않습니다."

친구 도시락 뚜껑을 열던 기억이 내겐 아직도 생생하다. 다른 건 몰라도 직원들이 시간과 돈을 절약한다고 끼니를 거르는 건 견딜 수 없다. 금강산도 식후경이라 하지 않던가. 제아무리 신나는 일이라도, 제아무리 좋은 경치라도 배가 고프면 소용이 없다. 하지만 혼자라면 먹을 맛도 나지 않고 꼬박꼬박 끼니 챙기기도 어렵다. 함께 밥을 먹어야 즐거움이 생기고 끼니를 챙기는 일이 삶의 활력소가 된다. "기왕이면 동료와 함께 드세요. 같이 식사를 하면 단순히 끼니를 챙기는 이상의 경험이 됩니다."

마주 앉아 밥을 먹다 보면 영양분만 얻는 것으로 그치지 않는다. 서로 만나는 순간 안부를 묻게 되고 어제 무슨 일이 있었는지 소식도 듣게 된다. 누군가 혹여 자리에 없으면 무슨 일이 있나 서로를 챙기게 되고 아픈 사람이 있으면 안부 전화라도 하게 된다. 축하할 일은 두 배로 늘어나고 힘든 일은 반으로 줄어든다.

이처럼 함께 밥을 먹는다는 건 귀하디귀한 일이다. 그래서 안부를 물을 때에도 가장 먼저 식사는 했느냐고 묻는 것일 테다. 단순한 것 같지만, 한 끼 식사로 얻는 이득이 많다. 일석다조의 효과가 생기는 게 바로 함께 밥을 먹는 일이다. 택시회사에 구내식당을 마련해

기사들이 제때 식사를 챙길 수 있도록 한 것도 그 때문이다.

자랑을 더 하자면, 우리 회사의 구내식당은 무료로 운영된다. 또한 구내식당에서 일하는 직원들에게 항상 음식에 신경 써달라고 부탁한다. 그리고 양을 정하지 않고 자율 배식으로 원하는 만큼 음식을 들도록 한다.

매일 영양가 풍부한 반찬과 밥을 준비한다. 때로는 국수 같은 분식을 제공하기도 한다. 가까운 도살장에 가서 선지와 소뼈를 사와 해장국도 끓인다. 항상 같은 식단이면 식사가 지겨워질 것이다. 그래서 될 수 있으면 자주 메뉴를 바꿔 기사님들이 맛있고 든든하게 한 끼를 해결하도록 하고 있다.

식당 운영의 철칙도 있다. 완성품은 가져오지 않는 것이다. 모든 음식은 우리 구내식당에서 조리한다. 나뿐만 아니라 모든 직원들이 우리 회사에 대해 자부하는 점 중 하나이다.

아주 어렸을 적, 아버지가 동네 부잣집에서 일을 하고 나면 어쩌다가 마당에 멍석을 깔아놓고 모두 모여 밥을 먹는 날이 있었다. 그때 어린 마음에 너무 배가 고파서 살살 주위를 맴돌다 밥을 드시는 아버지 곁으로 다가가곤 했다. 조심스럽게 기웃대며 고추장도 손가락으로 찍어 먹고 반찬도 몰래 집어 먹었다. 그러면 아버지는 부잣집 주인의 눈치를 보면서 당장 돌아가라고 야단을 치셨다. 아버지와 함께 일을 하는 어른들은 어린 나를 안쓰러워하며 너나 할 것 없이 한 숟가락씩 그릇에 담아주곤 했는데, 모으면 수북한 밥 한 그릇이 되었다. 가끔 그렇게 밥을 얻어먹고 오곤 했다.

그때 내 꿈은 큰 솥단지에 가득 밥을 지어놓고 많은 사람과 함께 나누는 거였다. 사람들이 모자람 없이 실컷 밥을 먹으며 좋아하는 모습을 보는 게 꿈이었다. 요즘 세상에 솥단지는 걸 수 없을지 모르지만, 어릴 적 꾸던 꿈은 이루고 싶었다. 그래서 실천했다.

함께하는 분위기를 만들자

기사님들에게 업무를 쉬는 날에도 신경 쓰지 말고 회사 구내식당으로 와서 식사하라고 권한다. 평소엔 일하느라 변변한 먹거리 하나 챙겨 두지 못할 경우가 허다할 터였다. 쉬는 날 피곤한 몸을 일으켜 먹을 준비를 할 바엔 회사에 들러 한 끼 해결하고 가는 게 피로를 푸는 데도 좋지 않겠는가. 게다가 동료들도 함께 있으니 외롭지도 않을 것이다. 노래도 함께 불러야 즐겁고, 술도 함께 마셔야 즐겁지 않던가. 혼자 먹는 밥처럼 맛없는 게 또 있을까. 회사에 구내식당을 만들고 무료로 제공하는 게 바로 그 이유에서다. 함께 하는 방법을 생각해 보니 그보다 좋은 건 없었다.

직원들은 구내식당에서 식사를 마치고 체력단련실이나 음악 연습실로 간다. 아니면 옥상공원에 모여 함께 정담을 나눈다. 나는 평소에 지나다니면서 다른 택시회사의 직원들을 눈여겨보곤 했다. 대개 회사의 어두컴컴한 구석에 혼자 우두커니 서서 담배를 피우고 있다. 동료들끼리 서로 소통도 없다 보니 친밀감이 생길 수가 없다. 그래서 사옥을 새로 지을 때부터 작정했더랬다. 직원들이 식사를 마치면 편히 쉬며 어울릴 곳을 만들겠다고.

나는 계획만 하고 실천하지 않는 게으름에 대해 늘상 경고한다. 계획은 누구나 할 수 있다. 중요한 건 실천이지 계획이 아니다. 계획만 하다 보면 실천도 못 할 거창한 것들만 세우기 마련이다.

그리고 회사에서 가장 문제 되는 것은, 경영자 위주의 운영 방식이다. 독단적인 경영자 중심의 운영 방식은 불만을 일으키기 마련이고 노사 간에 마찰을 수시로 일으킨다. 철저히 직원 중심이라야 문제가 생기지 않는다. 설혹 문제가 생기더라도 원활하게 해결할 수 있다. 다툼이 생겼을 땐 이미 늦었을 경우가 많다.

운전 중 사고가 나도 마찬가지다. 나는 아무 잘못이 없고 상대
는 다 잘못이라고 판단하니 서로 언성이 높아진다. 사고가 왜 일어
났으며 누가 잘못했는지 세심히 살핀 후 이야기를 해야 한다. 잘못
이 내게 있다면 인정하고 사과하면 된다. 진심 어린 사과 앞에 누
가 언성을 높이랴.

상대의 생각과 나의 생각은 절대 같을 수가 없다. 각자의 생각
과 판단은 언제나 다르다. 그건 회사의 경영자와 직원도 마찬가지
다. 내가 직원을 존중하지 않으면서 직원들로부터 존경받으려고
한다면, 경영자로서 자격 미달이다. 회사의 경영자는 자기 자신보
다 직원의 안위를 먼저 살펴야만 한다고 생각한다.

나는 직원들을 누구보다 존중한다. 때론 존중을 넘어 존경할
때도 많다. 성실한 직원들을 볼 때면 젊은 시절의 내가 떠오르곤
한다. 열심히 일하며 자녀를 가르치고 가족을 이끄는 모습을 보면
그렇게 좋을 수가 없다.

안하무인의 승객을 만나 힘들어하는 직원들을 볼 때도 있다.
사람 일이 어떻게 날마다 즐거울 수 있으랴. 어찌 매일 화창한 날
만 있을 수 있으랴 난데없이 비가 내리고 폭풍우가 몰아치는 날도
있기 마련이다. 그럴 땐 체력단련실의 러닝머신에 올라 한껏 뛰어

보라고 이른다. 탁구공을 힘껏 때리며 크게 숨을 내쉬어 보라 권한다. 속상함을 운동으로 분출해 보라고 한다. 그러다 보면 마음이 진정되고 속이 후련해질 거라고.

무작정 참으라는, 인내하라는 충고만 하지 않는다. 그러다 보면 몸과 마음에 병이 생긴다. 택시기사도 사람이다. 나도 택시를 운전했다. 내가 경험해 보았기에 누구보다 잘 안다. 체력단련실을 회사에 구비한 또 하나의 이유다.

워크숍을 진행하는 택시회사

택시회사에서 워크숍을 여는 일은 매우 드물다. 대개 회사는 노사가 겉돌기 마련이다. 처음 운수회사를 시작하면서 목표했던 대로 직원 수가 늘어나면 다른 회사에서는 시도하지 않는 걸 하리라 생각했다. 그때 계획한 것 중 하나가 바로 워크숍이다.

많은 직원들을 데리고 워크숍을 간다는 게 사실 쉬운 일이 아니다. 동원해야 하는 버스가 다섯 대까지 될 때가 있다. 이런저런 상품도 준비해야 한다. 어디 그뿐이랴. 식사 준비의 일환으로 돼지를 통째로 잡기도 한다. 그날은 제대로 잔치를 벌이는 것이다. 그리고 우리 회사는 워크숍 가는 날에도 기사들에게 급료를 준다. 워크숍 참여를 근무로 인정해 그날을 유급휴일로 처리하는 것이다.

사실 계획은 누구나 할 수 있지만, 실천은 그렇지 않다. 실천하지 않는 계획은 아무 소용이 없다. 처음 회사를 시작할 때에 세웠던 계획 중 하나이기에 많은 비용을 지출하더라도 매년 워크숍을 실행한다. 다른 회사에서는 사고가 날까 두려워 엄두를 내지 못 한다고 한다.

하지만 워크숍도 오래 진행하다 보면 관리 요령이 생긴다. 임직원들이 서로서로 도움을 주며 워크숍이 매끄럽게 진행될 수 있도록 애를 쓴다. 노동 조합에서도 협조를 받는다. 직원들의 도움으로 방 배정 같은 사소하지만, 번거로운 일들을 무리 없이 해결한다.

잠도 호텔이나 콘도 같은 곳에서 편하게 자도록 한다. 식사도 제일 비싼 거로 먹는다. 이왕 먹을 거, 우리 식구인 직원들을 위해 좀 더 쓰려고 한다. 방이니 식사니 그런 건 별거 아니지 않냐고 할 사람들도 있을 것이다. 그런데 특별한 게 맞다. 워크숍을 한 번 다녀오면 안 그래도 좋은 회사 분위기가 한층 더 좋아지기 때문이다. 워크숍의 시너지 효과라고나 할까.

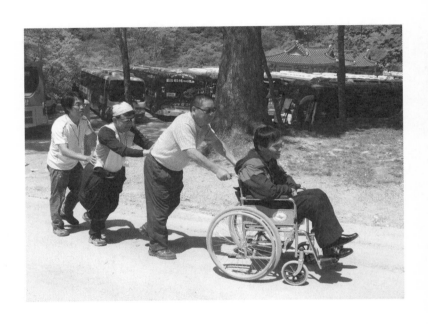

나는 택시기사로 일선에서 직접 일을 했었기에 누구보다도 기사들의 입장과 마음을 잘 안다. 택시기사는 손님을 곧장 상대하기 때문에 만만한 일이 아니다. 물론 좋은 손님들도 많다. 손님들의 고맙다는 말 한마디에 하루 동안 쌓인 피로가 싹 사라지기도 한다. 물론 상상을 초월할 정도로 힘들게 하는 손님도 많다. 때로는 종일 황당한 손님만 타기도 한다. 특히 술에 취한 손님이 구토하거나 행패를 부리면 그야말로 방법이 없다. 그만하라 말리는 일도 기사들에게 불리한 경우가 많다. 결국 참을 수밖에 없다.

그러다 보니 스트레스가 쌓이고 질병으로 이어질 수도 있다. 술로 풀고자 하는 사람도 있겠지만, 운전하는 게 일이다 보니 그것도 마음대로 하기 어렵다. 하지만 워크숍에 와서는 다들 긴장을 풀고 그저 편안히 즐기면 된다. 스트레스 따위는 훌훌 털어버리면 되는 날이다.

워크숍에서는 기본적으로 안전 교육을 실시한 이후엔, 통상적인 일정은 배제한다. 지루한 일정을 만들면 자칫 안 하느니만 못할 수 있다. 그저 편히 먹고 쉬라고 한다. 실컷 놀다가 오라는 취지로 만든 일인데, 내가 이래저래 나서면 누가 좋아하랴 싶은 생각에서다. 아무리 편해도 윗사람 대하는 것은 어려울 수밖에 없다. 나도 안다. 그래서 될 수 있으면 직원들이 불편해하지 않도록 하려고 항상 애를 쓴다. 말을 많이 하지 않으려 노력하고 나쁜 말은 절대 섞지 않으려고 한다.

워크숍을 가보면 직원들의 성격이 다 파악된다. 평소엔 얌전하다고 생각했던 직원이 전혀 그렇지 않은 경우가 있고 또 반대인 경우도 있다. 동료들의 성격을 알게 되니 그만큼 친밀감이 높아진다. 친밀감과 유대감이 높아지니 화합이 잘 된다. 보통 운수회사가 갖지 못한 우리 회사의 큰 장점이다. 워크숍에선 술을 마음껏 마셔도 되는데, 생각보다 술을 좋아하는 기사들이 많아 놀라기도 한다. 그만큼 평소 인내하며 자기 일에 충실했다는 증거다. 워크숍은 직원들끼리 한마음이 될 수 있는 좋은 프로젝트다. 워크숍이 열리면 상하관계는 모두 버린다. 모두 수평관계가 되어서 가까운 가족이 모여 잔치를 벌이듯 서로를 존중하며 신나게 보낸다. 그렇게 우리 회사는 지리산이며 해인사며 담양이며 좋은 곳들로만 골라 워크숍을 다녔다.

주변 사람들은 워크숍을 여는 우리 회사가 특별하다고 이야기해 준다. 하지만 그때마다 나는 전혀 특별한 일이 아니라고 얘기한다. 세상 어느 회사도 직원 없이는 돌아갈 수 없다. 작은 가게 하나 운영하려고 해도 혼자 운영하는 건 매우 힘들다. 시간제 아르바이트 직원이라도 고용해야 온전히 가게가 돌아간다.

제아무리 뛰어난 능력과 재주를 가졌더라도 혼자 회사를 경영하고 움직일 수는 없다. 나로 인하여 직원들이 사는 게 아니라 직원들의 덕으로 내가 살고 있다는 걸 잊은 적이 없다. 해서 회사라고 부르지 않던가. 혼자 다 할 수 있다면 회사라고 부를 이유가 없다.

직원들 얼굴이 안 좋은 듯하면 나는 왜 그런 건지 다른 사람을 통해서라도 알아보고자 노력한다. 혹시라도 직접 물어보았다가 난감할 수도 있어서인데, 좋지 않은 일이 생기면 가족의 일처럼 마음이 아프다. 내게 직원들은 가족이나 다름없다는 흔한 말은 싫다. 직원은 애초에 그냥 내 가족이다.

어느 운수 회사도 하지 않는 워크숍을 큰돈을 들여가며 여는 이유도 그 때문이다. 내가 내 가족을 편히 쉬게 해주겠다는데 다른 이유가 더 필요하랴. 가족이 웃는 모습을 보는 것처럼 행복한 일이 또 있을까. 워크숍에 와서 만족해하는 직원들을 볼 때마다 나는 더 행복하다. 하니 엄청난 득이다. 나는 경영자다. 계산에 능숙한 사람이 아닌가. 행복이라는 득을 가득 얻는 일인데 마다할 이유가 없다.

보통의 택시회사들은 규모가 크고 작고를 떠나 대부분 개인적으로 움직이는 경우가 많다. 같은 택시로 교대하지 않는 이상은 친분을 갖기가 어렵기 때문이다. 하지만 우리 회사는 그렇지 않다. 개인적으로는 자율적으로 일을 할 수 있도록 보장해주는 건 물론이지만, '우리는 함께다'라는 의식도 가질 수 있도록 도모한다. 이게 내가 하는 사업의 주된 모토다. 우리 회사는 그 덕에 어느 회사보다도 단결력이 좋다. 서로가 서로를 존중하는 마음이 크기 때문이다.

드럼 연주로 상처를 극복한 직원

"3년 전에 제가 작업하다가 허리를 다쳤어요. 병원에 가서 디스크 수술을 하게 되어 이제 복직은 글렀구나, 하고 좌절하고 있었는데 김복태 회장님이 흔쾌히 받아주셔서 지금까지 열심히 일하고 있습니다." 지금도 우리 회사를 다니고 있는 한 직원의 말이다.

사연 없는 삶은 없다. 가끔 직원들의 이야기를 듣다 보면 가슴이 먹먹해질 때가 있다. 젊은 시절의 내가 대입되어 큰 동질감이 느껴진다. 그래, 만만한 삶이 어디 있으랴. 내가 모든 문제를 해결해 줄 수는 없을 테지만, 진심 어린 위로로 힘이 되어 줄 수는 있지 않은가.

언젠가 내가 운영하는 금곡 가스 프라자를 찾아온 한 손님이 "이게 무슨 소린가요?" 하고 물었다. 건물 한편에서 들려오는 악기 소리를 가리키는 말이었다. 드럼 치는 소리라고 하니 손님이 놀랐다. 아니, 가스 충전소에서 웬 드럼 소리? 나는 궁금해하는 손님을 이끌고 드럼 소리가 나는 곳으로 함께 갔다.

드럼을 치는 사람은 다름 아닌 우리 회사의 직원이었다. 그의 사연을 여기에 밝힐 수는 없지만, 당시 너무 힘든 상황에 처해 있었다. 어떻게 도와주면 그 슬픔을 이겨내게 해줄 수 있을까 고민했다. 그래서 그가 연주하는 것이 원래 꿈이었다던 드럼을 놓아주었다. 그는 나중에 이렇게 고백했다. 드럼을 치기 시작하면서 슬픔을 잊기 시작했노라고.

위에서도 말했지만, 사연 없는 삶은 없다. 평탄하기만 한 인생이 어디 있으랴. 삶이라는 무게가 가벼운 사람이 또 어디 있으랴. 우리 직원들이 슬프면 나도 슬프다. 우리 직원들이 힘들어 하면 나도 힘들다.

어느 순간부터 그 직원의 드럼 연주 실력이 확 늘었다. 경쾌한 드럼 소리를 따라 손님들도 발을 구를 때가 있었다. 그보다 더 좋은 건, 드럼을 치는 직원의 표정이 이전보다 훨씬 밝아졌다는 것이다. 내 마음도 열 배는 더 좋아졌다.

드럼뿐만이 아니다. 색소폰도 있다. 드럼 소리를 궁금해하던 손님은 색소폰을 보자 혹시 내가 연주해 줄 수 있느냐고 물었다. 고개를 끄덕이고 흔쾌히 색소폰을 불어 주었다. 어디에서도 쉬이 볼 수 없는 풍경에 손님은 감동하였다.

직원도 나도 악기 연주 안에서 하나가 되었다. 다른 회사에서는 흉내도 내지 못하리라. 드럼 치는 직원과 색소폰을 부는 회장이 있는 택시회사. 나는 상상하던 걸 실천으로 옮겼다. 앞으로도 많은 상상을 현실로 옮길 작정이다. 그 일들이 직원들의 삶에 보탬이 될 수 있다면 하나도 아깝지 않다. 힘든 날, 운전대를 잡고 친절하게 웃어야 하는 직원들의 노고를 절대 외면하고 싶지 않다.

나의 경영 방침

사실 회사와 직원의 입장은 다를 수밖에 없다. 직원은 운영자가 아니기에 회사의 입장을 무조건 이해해 달라고 주장할 수가 없고 주장해서도 안 된다. 직접 택시를 운전했기에 그 노고를 잘 아는 나조차도 직원 한 명 한 명의 마음을 다 헤아릴 수가 없다.

직원들이 자신들의 상황만 헤아리고 회사의 입장은 생각하지 않는다고 푸념하는 경영자들을 자주 보았다. 하지만 리더가 먼저 올바른 길로 앞서면 알아서 뒤따르기 마련이다. 경영자가 먼저 직원들의 입장으로 생각해 선행(先行)하면 직원들은 알아서 후행(後行)하게 되어 있다. 서로 자기 입장만 강조하니 다툼이 생기는 거다.

나는 예나 지금이나 늘 직원의 입장을 먼저 생각한다. 그래야 만사가 수월해진다. 경영자의 입장은 한참 뒤로 둬도 된다. 내가 경영의 일선에서 완전히 물러날 때까지 그 마음은 변치 않을 것이다.

나의 경영방침은 언제나 사람을 향해 있다. 인간 중심의, 직원 중심의 기업문화를 만들어 가는 게 내 영원한 바람이다.

자랑 하나 덧붙이고 싶다. 우리 회사는 종신고용제를 도입했다. 만 육십 세인 택시기사도 본인이 원하면 계속 일을 할 수 있다. 우리 회사는 이직이 거의 없고 장기근속자가 가장 많기로 유명하다. 장애를 가진 기사님들도 함께 일한다. 그 사람들을 위해선 택시를 개조하기도 한다. 워크숍에도 빠뜨리지 않고 한 명 한 명 다

데리고 간다. 어느 한 사람 소외되지 않도록 했다.

그렇게 하나하나 가슴에 품고 함께 했으니 기억에 남는 직원들이 어디 한두 명이겠는가. 하지만 그 중에서도 특히 기억에 남는 한 사람이 있다. 부산 출신의 기사님이었더랬다. 노동조합과 회사 사이에서 가교 역할을 해주던 사람으로 연세도 많아 직원들과 회사를 위해 지혜로운 어른 노릇을 해주었다. 마치 영화 <인턴>의 70세 인턴 벤(로버트 드니로 분)과 같은 분이었다. 항상 회사에 헌신하는 그 모습에 감동받아 회갑 잔치도 해 드렸는데 어느 날 별다른 말도 없이 퇴사하였다. 헤어지는 아쉬움을 감추며 잘 배웅했다.

그런데 알고 보니 암에 걸린 걸 알고는 이를 알리지도 않고 퇴사한 거였다. 섭섭한 마음에 왜 안 알렸느냐고 가족들에게 물어보았다. 기사님이 남긴 말인즉, 우리 회사에 부담을 주기 싫어서였다고 한다.

뒤늦게 눈물을 흘렸다. 그분이 참으로 그리웠기 때문이다. 회사의 어려운 시절과 고비고비를 함께 이겨낸 직원이었다.

어찌 그 기사님뿐이랴. 비록 피 한 방울 섞이지 않은 사이였지만, 가족처럼 마음을 터놓고 지낸 직원들이 참으로 많다.

이렇듯 내 가족 같은 직원들에게 새로운 인생을 선물하는 일이야말로, 이제까지도 그랬지만, 앞으로도 계속해야 할 내 인생의 숙제이다.

택시회사의 실상

언론은 큰 영향력을 갖고 있다. 보도가 되면 많은 사람들은 곧이곧대로 내용을 믿는다. 언론이 갖고 있는 공신력 때문이다.

하지만 언론이 택시회사에 대해 좋지 않은 뉴스를 내보내는 경우를 종종 보게 된다. 뉴스 내용만 보면 택시회사를 운영하는 사람은 대부분 범법자에다 불한당처럼 묘사되는 경우가 많다. 심지어 택시기사들의 수입을 가로채는 사람들처럼 비치기도 한다. 택시기사가 온종일 고생해 번 돈을 회사가 강탈하는 것처럼 보일 때면 영 마음이 안 좋다. 이렇게 언론에서 떠들다 보니 대부분의 택시회사가 그러하리라 여겨지곤 하는데, 정말 속상한 이야기다.

다른 회사도 그러하겠지만, 택시회사의 경우는 특히 더 위험에 노출되어 있다. 운전이 주 업무이다 보니 교통사고라도 나면 큰일이다. 혹시라도 사고가 난다면 모든 책임은 회사에 있다. 가끔은

(보험 적용 여부와는 별도로) 회사에서 어마어마한 금액을 책임져야 하는 경우도 발생하곤 한다. 우리 회사 역시 예전에 큰 사고가나서 엄청난 금액을 배상해 준 적이 있다.

언론에서 말하는 내용이 모두 사실이라면 우리 직원의 상당수는 진작에 회사를 그만뒀을 것이다. 하지만 우리 회사의 이직률은 매우 낮다. 개인적으로 피치 못할 사정이 생기지 않는 이상 대부분 계속 근무한다. 여기서만 한평생 근무한 기사도 많다.

택시기사 하면 모두가 힘겹게 산다고 생각하는데, 우리 회사의 기사들 중에는 한 달에 몇백 정도가 아니다. 그보다 더 많은 액수를 버는 경우도 있다. 다른 곳에서 많은 일을 해오다 뒤늦게 택시기사를 하는 사람도 있다. 그러면서 진작에 택시 운전을 했더라면 좋았을 거라고 말하기도 한다. 기사들은 대체로 여느 회사를 다니는 만큼은 수입을 가져간다. 회사에서 무리하게 일을 시키지 않는다. 모두 알고 있듯 기본 사납금을 제외하면 모두 기사들의 수입이 된다. 성실히 일하는 택시기사들의 수입은 웬만한 회사원들의 경우에 비해 절대 뒤지지 않는다.

불만이 많은 사람은 어딜 가도 불만을 갖게 마련이다. 택시회사에 대해 불만의 목소리를 크게 내는 사람만 취재해 보도하면 어떻게 될까? 당연하게도 사람들은 대부분의 택시회사를 문제가 많은 곳으로 볼 수밖에 없다. 언론에서는 대개 나쁜 면만 부각시키고 좋은 건 잘 보여주지 않는다. 운영자 입장으로 보면 여간 속상한 게 아니다. 그런 오해의 소지가 우리 회사에서도 혹여나 발생할까 싶어 임직원들과 함께 자주 논의하기도 한다. 우리 회사에는 절대 그런 일이 발생해선 안 된다고 늘 다짐하며 누구보다 더 기사님들을 최우선으로 해야 한다고 늘 강조한다.

외부에서 인식하는 택시기사에 대해서도 서운한 게 좀 있다. 예를 들어서 일반 자가용과 택시가 어쩌다 사고라도 나면 열에 아홉은 택시기사의 잘못이라고 단정한다. 정황을 살필 생각은 전혀 안 한다. 앞뒤 재지 않고 택시기사의 잘못으로 몰아가는 것은 택시에 대한 치우친 인식 때문이다. 애초에 자가용과 택시를 같은 노선에서 생각지 않는다. 다행히 최근에는 블랙박스가 큰 역할을 하는 덕에 불필요한 오해가 많이 사라졌다.

우리 회사에서 택시를 운전하는 직원들은 어떤 경우에도 손님들에게 손을 대지 않는다. 안타깝게도 손님이 먼저 폭력을 행사할 경우엔 블랙박스가 비출 수 있는 방향으로 맞으라는 교육까지 한다. 주취자들은 또 얼마나 많은가. 택시기사들이 맞닥뜨리는 위험한 순간들을 하나하나 전부 실제로 본다면 다들 입을 다물지 못할 것이다.

내 직원들이 그런 안타까운 일을 당할 때마다, 억울한 오해를 겪을 때마다 가슴이 아프다. 그러니 더더욱 우리 가족인 택시기사들을 소홀히 생각할 수가 없는 것이다.

우리 회사는 안전에 대한 부분 외에는, 어떠한 일이라도 기사들에게 강요하지 않는다. 처음부터 내가 설정한 회사 운영 방침이다. 누가 뭐라고 해도 우리 회사의 가장 큰 재산은 직원들이다. 나는 언제나 그래왔던 것처럼 앞으로도 우리 회사를 기사님들과 모든 직원이 편히 일할 수 있는 공간으로 만들 것이다. 그 다짐은 내가 일선을 떠난 후에도 변치 않을 것이다.

택시는 대중교통이다

택시는 법적으로 고급 교통수단으로 분류가 되어 있다. 하지만 필요에 따라 갑자기 대중교통으로 분류하기도 한다. 그러다가 규제할 때는 또 언제 그랬냐는 듯 고급 교통수단으로 복구시킨다.

귀에 붙이면 귀걸이가 되고 코에 붙이면 코걸이라 하지 않는가. 택시가 딱 그렇다. 제멋대로 붙여 놓고 편리한 대로 택시를 취급한다. 다른 대중 교통수단들처럼 택시에 수시로 부담을 주면서도 정작 보조가 필요하다고 외치면 고급 교통수단이지 않냐고 반박한다. 불합리하다고 말하지 않을 수 없다.

택시에 수시로 부담을 지우면서도 다른 대중 교통수단들처럼 보조가 필요하다고 외치면 고급 교통수단이지 않냐고 반박한다. 하지만 택시는 대중교통일 수밖에 없다. 승객들은 그저 목적지에 좀 더 빨리 닿기 위해서, 혹은 다른 대중교통을 이용하면 더 힘들어서 택시를 이용하는 것뿐이다.

손님들 중에는 일용직으로 노동을 하는 분들도 많다. 하루의 노동이 고단해서 잠깐이라도 편히 가고 싶은 마음일 게다. 다들 비슷한 마음으로 타시리라 생각한다. 이래저래 80% 이상의 손님이 보통의 서민이다.

또한 택시 운전도 육체노동을 필요로 한다. 운전 기사가 현장에 투입되어 직접 몸을 써서 일해야 하는 업종이기 때문이다.

그러한 이유로 택시회사를 운영하는 입장에서는 곤란한 일이 다반사다. 우리 회사도 예외는 아니다. 회사 입장에서는 대중 교통으로서 인정을 받지 못해 곤란해지는 경우가 많다. 보다 더 면밀하고 정확한 사회적 판단이 필요하다고 생각한다.

솔직히 말해 개인택시운수업은 이제 사양 사업이다. 매우 어려운 시기이다. 코로나 시절을 거치며 안 그래도 어려웠던 사업이 더 어려워졌다. 승객이 현저히 줄어들었고 빈 채로 오가는 택시들이 허다하다. 지금은 코로나 상황이 끝났다고 하지만, 솔직히 말하면 지금 회사의 수익 구조 자체가 마이너스 구조이다. 현재는 지금까지 이루어 놓은 것을 바탕으로 그걸 소비하며 견디고 있다고 해도 과언이 아니리라.

택시가 보다 더 대중 친화적이 되기 위해서는, 또 기사님들이 더 많은 복지를 누리기 위해서는 택시가 대중교통으로 인정받아야 한다.

여러 가지 사회적 어려움에도 불구하고 우리 회사는 직원들의 복지를 위해 항상 애를 써왔다. 내가 겪는 손해를 직원들에게 떠넘기지 않기 위해 최선을 다하며 살아왔다. 직원이 행복한 회사를 만드는 게 나의 가장 큰 꿈이기 때문이다. 바라건대, 언론도 운수회사를 더 객관적으로 조명해주고, 대중도 택시기사들을 인간으로 대해주면 좋겠다.

10장.
나눌수록 행복하다

“ 나는 아직도 내게 흘러 넘치는 에너지로 더욱더 많이

봉사하고 싶다. 사회를 위해 내가 더 할 수 있는 일이 무엇이

있는지 항상 찾아보곤 한다. 나를 필요로 하는 곳이 있다면,

언제든지 또 얼마든지 함께할 것이다. 내게 있는 에너지를

보다 많은 사람에게 나눠줄 작정이다. ”

기부하는 삶

오래전부터 기부했다. 계기는 늘 사소한 데에서 발견된다.

언젠가 고향의 여성 소방대원들의 얘기를 들었다. 운동복을 맞춰 입는 일조차 쉽지 않다는 거였다. 그 말을 듣고 난 다음 소방서 근처를 지날 때면 내내 마음에 걸렸다. 텔레비전 화면에서 땀을 뻘뻘 흘리며 사고 현장에서 나오는 소방대원의 모습을 보던 순간 결심했다. 곧장 고향 소방서에 연락해 여성 소방대원분들에게 운동복을 선물하고 싶다고 전했다. 진작 드렸어야 했는데 그러지 않아 후회했다. 그나마 늦게라도 드리게 되어 다행이었다.

또 어느 날은 고향의 파출소에 에어컨이 없어 다들 무더위 속에서 근무한다는 소리를 들으니 마음이 심란했다. 고향에 갈 때마다 자꾸 쳐다보게 되었다. 안 되겠다 싶어 고향 파출소에도 연락을 취했다. 에어컨을 놓아 드리고 싶은데 어떻게 하면 되겠느냐고 물었다. 이번에도 더 빨리 놓아 줄 걸 하고 후회했다.

이렇게 작은 나눔부터 직접 실천해 보고자 기부의 여정에 나섰다. 여성 소방대원들에게 활동하기 편한 운동복을 선물하고 파출소에는 쾌적한 환경 속에서 근무하도록 에어컨을 설치해 드린 이후에도 더 필요한 게 있으면 말하라고 했다. 모두가 고맙다고 몇 번이나 인사를 했다.

사실 오히려 고마운 건 나였다. 되돌아오며 늦은 걸음을 몇 번이나 후회했는지 모른다. 진작 왔더라면, 나 자신은 물론 힘든 곳에서 일하는 사람들이 더 빨리 행복해질 수 있었을 테니 말이다.

나눔은 결코 상대를 위해서만 하는 게 아니라는 걸 깨달았다. 나누면 나눌수록 내 행복은 커졌다. 왜 그런가 생각해 보니 내 잇속을 차리고자 계산하지 않아서였다.

또 하나의 행복이라면, 어린 시절 멋지게 성공하는 사람이 되겠다고 한 나 자신과의 약속을 지켰다는 사실이다. 멋지게 성공하는 삶이란 바로 내가 가진 것을 나눌 수 있는 삶이었다. 나는 자신과 맺은 약속을 계속 지켜가는 중이다.

나눌수록 커지는 행복

　이후 고향에 있는 학교의 한 선생님으로부터 안타까운 소식을 전해 들었다. 형편이 여의치 않은 학생들이 제주도로 수학여행을 가지 못한다는 이야기였다. 마음이 좋지 않았다. 텔레비전에서 제주도 이야기만 나와도 마음이 쓰였다. 같은 학교 친구들은 다 가는 수학여행에 자기 혼자만 못 간다면 얼마나 속이 상할까. 어린 시절 친구의 도시락을 훔쳐 먹던 기억이 떠올랐다. 당장 연락을 취했다. 제주도에 가지 못하는 학생들을 위해 수학여행 가는 비용을 보내주고 싶다고 말했다. 그저 내 고향에서 살아가는 아이들이 모두 행복해졌으면 하는 마음뿐이었다.

　곧장 기부하니, 모두 함께 제주도에 다녀올 수 있었다며 선생님이 소식을 전해왔다. 갑갑하여 속에 얹혀 있었던 것이 쑥 내려갔다.

　이후로 고향에 필요한 것들을 찾아보았다. 그 결과로 운봉 자율방범대에 순찰 차량으로 스타렉스 세 대를 지원했다. 운봉 자원봉사자들에게도 운행차량을 지원했다. 운봉 철쭉제에도 차량을 기부했다. 어르신들이 운동할 곳이 마땅치 않다고 해서 게이트볼장을 만들었다. 관리사무실을 건립하고 비품비를 지원했다.

운봉장학회에도 기금을 지원했다. 학생들이 가난 때문에 공부를 포기하는 일이 없도록 도움을 주었다. 아이들이 비뚤어지는 일이 없도록 보호 관찰소의 선도위원이 되었다. 아이들이 즐거이 농악을 즐길 수 있도록 운봉 초등학교에 농악대 창단지원금을 보냈다. 고향에 독거 노인분이 많다는 이야기를 듣고 그 분들을 지원하는 일도 시작했다.

고향에서 벌이고 있는 축구장 건설에 1억을 기부한 건, 곳곳에서 떠들어대는 통에 크게 소문이 나고 말았다. "김복태 회장, 운봉 FC 로얄 아젤리아 축구장 건립!" 대단한 일도 아닌데 신문에까지 났다. 자랑하려고 한 일이 아니었는데 기사화되니 부끄러워 어디론가 숨고만 싶어졌다.

사실 특별한 이유는 없었다. 어린 시절 나는 실컷 뛰어 놀지 못했다. 항상 배가 비어 있어 한껏 뛰고 나면 이내 배가 고프기도 했거니와, 학교에서 돌아오면 곧장 송아지 꼴을 베러 나가거나 땔감을 마련하러 나가야 했기에 놀 시간은 허락되지 않았다.

축구 시합은 꿈도 꾸지 못했다. 어쩌다 학교에서 축구 시합이 벌어지더라도 이내 허기가 질까봐 마음 놓고 운동장에서 뛰지도 못했다. 그런데 고향에서 축구 경기장 공사를 한다. 실컷 뛰면서

운동하고 싶어하는 사람들에게 축구장을 마련해주는 게 뭐 그리 힘든 일이랴. 월드컵 경기장을 짓겠다는 것도 아닌데…. 듣자마자 "그래. 좋다, 아주 좋다."라고 했더랬다. 고향에서 나를 필요로 한다는 게 좋았고, 내가 여전히 해줄 수 있는 일이 있다는 게 그저 고마울 따름이었다. 요샛말로 통 크게 한 번 쐈다.

우스갯소리로 이런 말을 한 적이 있다. "마음을 열고 베풀다 보니 자꾸만 더 베풀고 싶어집니다." 그러고 나니 여러 매체에 또 기사가 나버렸다. 어찌나 민망하던지, 그럴 줄 알았으면 하지 말 걸 그랬다며 마음에도 없는 소리를 하기도 했다.

한 가지 더 실천하는 일이 있다. 요즘 계속해서 나를 괴롭히던 근심 때문에 생각해낸 거다. 내 고향 운봉에 아기 울음소리가 잘 들리지 않는단다. 내가 다니던 초등학교가 (그때는 국민학교라 불렀다) 1907년에 창립되어 백 년을 훌쩍 넘을 만큼 오랜 역사를 자랑하는 곳인데 요즘 부쩍 학급 수가 줄었다고 한다. 내가 다닐 때는 한 학년에 다섯 반까지 있어서 학생 수가 몇백 명을 헤아렸는데 요즘은 모든 학년을 다 합쳐도 백 명이 채 되지 못한다. 통탄할 노릇이라는 생각이 들었다. 그래서 뭐라도 해야겠다고 결심을 하고 행동으로 옮겼다.

운봉에서 아이를 낳으면 오백만 원씩 지원하기로 했다. 나의 좋은 의도를 알고는 고향 사람들도 흔쾌히 뜻을 같이 하기로 했다. 지금은 운봉읍장 주관으로 법인을 설립 중이다. 내 고향 운봉이 사랑스런 아기 울음소리로 가득 차기를 간절히 기원한다.

담임 선생님과의 화해

세월이 흐르면 나쁜 기억도 퇴색되어 버린다. 오히려 좋은 기억으로 윤색되기도 한다. 도시락 사건이 바로 그런 기억 중 하나인데, 오랜 시간 후 흐뭇한 기억으로 새겨진 이유가 있다.

수년 전, 고향에 기부하던 중 내가 다닌 초등학교에 농악대를 만들어주었다. 그리고 고향의 어르신들께 큰 규모의 게이트볼경기장을 만들어 드렸다. 개시일이라고 해서 내려갔더랬다. 어르신들께서 모두 다가와 인사를 하는데, 노인회 회장님이 앞장섰다. "이렇게 노인들이 운동할 수 있게 해줘서 정말 고맙습니다."

어딘가 익숙한 모습에 가슴이 벅찼다. 웃음과 눈물이 동시에 터져 버릴 것만 같았다. 수십 년 전의 기억이 눈앞에 보이는 것처럼 또렷하게 떠올랐다. 도시락을 몰래 훔쳐 먹었던 초등학교 2학년 시절 담임선생님이었다. 선생님은 노인회 회장이 되어 있었다

한참 나이를 먹은 제자를 선생님은 알아보지 못했다. 젊디젊은 모습은 사라졌지만, 나는 선생님을 단번에 알아보았다.

선생님의 제자라고 말씀드리니 무척 놀라워했다. 선생님은 내가 당신에게 뺨을 맞았던 사건은 기억하지 못하였다.

아니, 어쩌면 기억하고 있었을지도 모른다. 수많은 학생을 가르쳤겠지만, 남의 도시락을 훔쳐먹고 뺨을 얻어맞은 학생은 많지 않을 것 같다. 하지만 선생님은 그날의 일을 언급하지 않았다. 오히려 나를 칭찬했다. 걸핏하면 집안일을 돕기 위해 학교를 결석하기 일쑤였던, 준비물은커녕 먹을 도시락 하나 제대로 챙겨가지 못했던 나를 노인회 어르신들 앞에서는 모범생으로 탈바꿈하여 소개했다.

"이 녀석이 아주 똑똑한 친구였어."

"공부도 제일 잘 했지."

"아주 타의 모범이 되는 학생이었다고."

실소가 터졌지만, 겨우 참았다. 선생님도 어쩐지 당황한 눈치였다. 나를 기억해 냈을 수도 있고, 아닐 수도 있다. 그런데 아무려나. 어떻든 상관 없다는 생각이 들었다. 그때를 떠올리면 아직도 한쪽 뺨이 얼얼해지는 동시에 창피하다. 그러나 선생님을 다시 만나 무언의 화해를 이룬 듯한 기분을 느꼈다. 선생님도 같은 노인회 회원들 앞에서 제자를 자랑할 수 있었고, 나도 덕분에 모범생이 될 수 있었으니 말이다. 몇십 년을 뛰어넘어 비로소 나는 선생님 앞에서 당당할 수 있었다.

선생님을 다시 만난 날, 나이 든 나는 고향의 길목 어디쯤에서 한참을 서 있었다. 아버지가 늘 돌아오던 길목과 닮아서였다. 구부정한 시골길, 종일 노동에 지친 아버지는 그래도 자식들을 보면 환하게 웃음을 지어 보였다.

아버지가 돌아오는 길목까지 나갔던 우리 남매들은 멀리서부터 걸어오고 계시는 아버지를 보면 달려가곤 했다. 아버지가 머슴살이하는 사람이라는 걸 알고 난 다음에는 더 그랬다. 아버지가 맛있는 음식을 사 가지고 오는 것도 아니고, 그렇다고 난데없이 용돈을 주는 것도 아닌데, 그냥 아버지가 우리 곁으로 다시 돌아온다는 사실이 마냥 좋았다.

요즘 아빠들처럼 목마를 태워주는 것도 아니고, 손을 다정하게 잡고 오는 것도 아닌데, 아버지가 가까이 오실수록 안심이 되었다. 아버지라는 존재가 주는 울림이었다. 부모님은 그 존재 만으로도 무한정 큰 힘이었다.

공적비가 세워지던 날

이천이십 년의 어느 날이었다. 그때 내 나이가 일흔다섯이었다. 고향에서 연락이 왔다. 내 이름을 새긴 공적비가 세워진다는 소식이었다.

사실 한참 전부터 공적비를 세우겠노라고 했더랬다. 무슨 공적비를 세우느냐고 한사코 사양했는데, 고향에 많은 나눔을 실천하는 사람이라며 세우는 게 당연하다고 했다.

공적비 제막식이 같은 해 십일 월 십칠 일 늦가을에 열렸다. 그저 감개무량할 따름이었다. 당시에는 코로나가 세상을 뒤덮었던 때였는데도 불구하고 백오십 명이 넘는 축하객들이 운봉 서림 공원에 모였다.

공적비가 세워지는 날, 고향 마을로 가족과 함께 내려갔다. 자식들이 자랑스러워하는 모습을 보니 뿌듯했다.

공적비에는 나의 가족과 부모님, 조상님들의 성명은 물론 송정이라는 내 호도 같이 새겨져 있었다. 소나무 송(松)에 정자 정(亭). 솔숲의 정자라는 뜻으로 고향 어르신들이 지어주셨다.

고향 사람들이 찾아와 존경한다는 말과 함께 손을 내밀 때는 너무도 민망했다. 해야 할 일을 했을 뿐인데 그토록 많은 사람들이 악수를 청하다니. 내 손이 부끄러울 지경이었다.

악수를 청한 뜻을 나는 이렇게 헤아렸다. "그 손으로 더 많은 일을 해주세요." 한 분 한 분에게 일일이 감사의 말을 전했다. 찾아와 준 모든 분들이 고마웠다. 그 마음을, 그 뜻을 절대 잊지 않겠노라 다짐했다.

공적비를 바라보았다. 어린 시절의 모습을 떠올렸다. 부모님 모르게 짐을 꾸려 서울로 가는 기차에 무임승차하고 연고 없는 서울에서 갖은 고생을 다 했던 소년. 그런데 이 소년이 나이가 들어 고향에 돌아와서 사람들에게서 존경한다는 말을 듣고 있다. 가슴이 벅차올랐다. 특별한 사람도 아닌데 큰 사람처럼 대해주는 고향 사람들이 전해준 감동 때문이었다.

공적비 건립 추진위원장이 내게 인사하며 고향 사람들에게 이렇게 전했다. "현재를 살고 있는 우리에게는 더불어 살아가는 이웃 사랑 실천의 참모습을 깨우쳤고, 후대에게는 귀감으로 영원히 전해질 것입니다." 그 말에 뒤이어 나도 단상에 올랐다. 떨리는 마음으로 소감을 전했다. "이런 자리를 마련해 주신 추진위원회와 운봉 읍민께 감사드리며, 지금까지 살아온 날보다 더 부지런히 운봉 발전과 주민 화합을 위해 노력하겠습니다. "

마침 나에게 있는 것을 가지고 나누었을 뿐이다. 달라 해서 준 게 아니다. 내 마음이 이끄는 대로 했을 뿐이다. 내가 좋아서 한 일인데, 나를 북돋우고 칭찬해 주니 지금 생각해도 그저 민망할 따름이다.

사람들은 모른다. 겨우 하나를 내어주고 열, 스물이 넘는 행복을 얻은 나의 엄청난 소득을 말이다. 나눠 줄수록 행복은 복리로 늘어났다. 이보다 더 큰 이자를 주는 은행이 어디 있을까?

조금만 나눠줘도 행복은 몇 배로 이자를 불린다. 제2 금융권의 이자율에도 비하지 못할 어마어마한 이자를 부여한다. 실컷 나눠 주려 하는 데는 이렇듯 행복이라는 이자를 실컷 받으려는 속셈이 있다.

베풀며 살자!

한때 북아현동 우리 집은 봄마다 대문을 활짝 열어젖히곤 했다.

흉흉한 일이 많은 요즘, 문을 단단히 닫아걸지는 못할망정 대체 무얼 하는 거냐고 물어보는 사람들이 많았다. 이유는 다른 게 아니다. 바로 우리 집 정원의 꽃과 나무를 모두와 함께 즐기기 위함이다. 어린 시절, 지천에 널렸던 아름다운 초목을 요즘은 일부러 시간을 내 공원에 가야만 볼 수 있는 경우도 많지 않은가. 멀리 나가지 말고 집 근처에서 초목을 누리라고 일부러 우리 집 대문을 활짝 열어 놓았던 것이다.

우리집 정원에만 꽃과 나무를 심고 가꾸지 않는다. 고향마을에도 나무를 지원하기도 했다. 안 그래도 아름다운 고향이지만, 조금이라도 더 아름다워질 수 있다면 무언들 못 하랴.

내가 아무리 집의 대문을 활짝 열어놓아도 지나는 사람들은 대문 안으로 쉬이 발을 들여놓지 못했다. 그러면 내가 나서서, 내가 없을 때는 가족들을 시켜서라도 사람들을 불러들였다. 와서 잘 가꿔놓은 우리 집 정원도 구경하고 국수도 먹고 가라고 권한다.

국수를 함께 먹으며 또 가끔은 약주도 서로 나누곤 했다. 차가

운 연못물에 술병을 담가 놓고 시원한 술을 모두 함께 나눴다. 그렇게 봄이면 봄, 가을이면 가을, 철마다 이웃들과 정을 나눴다. 한 이웃은 우리 집 정원의 잘생긴 소나무를 탐낸 적도 있었다. 몇억 원에 달하는 돈을 줄 테니 그 소나무를 자신에게 팔라는 말까지 했다. 너털웃음을 터트리며 거절을 했다. 정원에 가득한 영산홍과 열 그루의 소나무는 내 가족과 마찬가지인 초목들이기 때문이다. 그 대신 정원의 소나무를 구경하고 싶으면 언제든 활짝 문을 열어 줄 테니 오셔서 눈으로 한껏 즐겨달라고 말을 해주었다.

정을 나누는 게 어디 이웃뿐이고 우리 회사 직원뿐이랴. 가장 큰 정을 나누는 사람들은 역시 가족이다. 남준 씨는 아직도 매일처럼 내게 고맙다는 말과 사랑한다는 말을 한다.

영상자서전을 찍을 때였다. 우리 집을 매일 같이 오가며 아이들도 돌봐준 처형은 이런 말도 했다. "우리 친정어머니를 편안히 모셔주셔서 마음 깊이 감사드려요. 죽어도 이 고마움을 잊지 않겠어요." 그러고는 이렇게 덧붙였다. "가정과 회사를 지키느라 고생하셨는데 앞으로는 짐을 내려놓고 편하게 지냈으면 해요."

짐이라니, 당치도 않은 말이다. 가족은 하나 같이 전부 내 인생에 선물 같은 존재들이었다. 장모님을 집에서 모실 때도 함께해 주서서 내가 되려 감사했다. 오히려 내 어머니는 그때 요양병원에 모셨더랬다. 사돈하고 한 집에 모시면 어느 한 분이 불편할까 싶어서였다.

장모님을 보내드린 다음에는 어머니를 집으로 모시고 왔다. 남준 씨는 내 어머니에게 늘 깨끗한 한복을 지어 입혀드리고 지극정성으로 보살펴 드렸다.

안타깝게도 아버지는 예순이 되기 전에 돌아가셔서 우리 집을 볼 수 없었지만, 어머니는 아들이 성공하고 커다란 집까지 짓는 것을 다 보고 돌아가셨다. 말씀은 하지 않았지만, 돌아가실 때까지 나를 자랑스러워하셨다는 걸 나는 가슴으로 알 수 있었다.

우리집에는 별명이 하나 있다. 바로 '다람쥐집'이다. 꽃 피는 계절에는 우리 집 정원이 손님들로 북적거리지만, 다람쥐는 사시사철 우리 집 정원을 들락거린다. 내가 직접 설치해 놓은 파이프를 통해 들어와 새장처럼 아담한 다람쥐집에서 밥을 먹는다. 나는 출장을 가서도 집에 전화하면 제일 먼저 물어보는 게 다람쥐 밥은 챙겨줬는지다.

나는 동물이 참 좋다. 물론 가장 사랑하는 것은 나의 가족과 직원이다. 하지만 그 못지않게 내 동물사랑도 유난하다고 다들 그런다. 이른 아침에 눈을 뜨면 내가 제일 먼저 하는 일이 있다. 키우는 동물들에게 밥을 주는 일이다.

아이들이 어렸을 때는 눈망울 커다란 작은 당나귀를 키우기도 했다. 딸은 아직도 웃으며 그때 얘기를 한다. "남들은 강아지를 산책시키는데 우리 집만 당나귀를 산책시켜." 반쯤 창피해하면서도 어쩐지 자랑스러운 어투로 말을 한다. 당나귀뿐이었으랴. 갖가지 새도 키우고 닭도 키운다. 요즘은 고양이도 네 마리나 우리 집 정원에 터를 꾸렸다. 끼니 때가 되면 하얗고 작은 발로 창문을 통통 두드린다. 회사에서도 닭과 진돗개를 키운다. 하루 일을 끝내고 동물들을 들여다보면 마음이 그렇게 편할 수 없다. 동물에게도 인심을 베풀고 싶은 마음이 크다.

그러고 보니 어린 시절 처음 키웠던 강아지도 떠오른다. 먹고 살기도 힘든 와중에 어찌나 강아지가 키우고 싶던지. 그래서 푼돈을 모아 까만 강아지를 샀더랬다. 이름도 까망이였다. 아무래도 내 동물사랑은 까망이에서 비롯된 게 아닌가 싶다.

'한 끼 줍쇼'에 출연하다

어느 날 퇴근하고 집으로 가는데 딸에게서 연락이 왔다. 마침 딸이 쿠바에서 막 돌아온 참이었다. 오랜만에 딸의 얼굴을 볼 마음에 회식 자리에서 좋아하는 술도 더는 마다하고 달려가던 중이었다. "아버지, 〈한 끼 줍쇼〉 촬영팀이 우리 집에 왔어요!"

방송사에서 무작정 아무 집이나 찾아가 저녁 한 끼를 달라고 하는 프로그램이란다. 채널을 돌리다 언뜻 본 기억이 났다. 아무리 연예인이라고 해도 낯모르는 사람들인데 인심 좋은 사람들은 문을 척척 열어주었다. 그런데 그게 우리 집이 될 줄은 몰랐다. 방송은 죄다 짜고 하는 건 줄 알았는데 그날 보니 그게 아니었다.

집에 가서 보니 유명한 연예인들이 우리 집에 와 있었다. 또 방송국 스태프들이 바쁘게 움직이고 있었다. 그 가운데에서 우리 가족은 연예인들과 식탁에 마주 앉아 소박한 음식을 나누었다. 제목 그대로 한 끼 식사하며 살아온 이야기도 나누고 집에 대한 이야기도 했다.

내가 살아온 이야기를 들려주자 다들 귀를 기울이며 경청해주었다. 어려서 집을 나와 서울에 상경한 이야기부터 인천 최고의 운수 회사를 경영하게 된 이야기까지 모두 놀라워하며 들었다. 이후에 방송을 보니 택시업계의 살아있는 전설이라고 자막에 나오기에 좀 무안하고 쑥스럽기는 했다.

그날 나는 인생철학이 뭐냐는 질문을 받았다. 나는 인심을 쓰고 인심을 얻으며 사는 것이고 또한 순하게 사는 것이라고 답했다. 한평생 살면서 마음에 품고 있던 말을 전국민 앞에 선언한 셈이다.

마침 딸아이가 함께 자리해 있어서 팔불출 같지만, 딸 자랑도 좀 했다. "내 딸이 워렌 버핏을 만나서 함께 식사를 했다오." 그 이야기에 다들 놀라워했다. 어떻게 그게 가능했느냐고들 했다.

사실 나는 딸에게 직접 얘기를 듣기 전까지 워렌 버핏에 대해 잘 몰랐다. 내 사업, 내 직원, 내 가족, 내 고향에 대해 신경 쓰다 보니 세상 제일가는 거부라는 그에 대해 알 겨를이 없었던 것이다.

워렌 버핏과 함께 식사하려면 최하 몇십 억을 내야 한다고 한다. 심지어 몇 년 전의 자선 경매에서는 최종 낙찰가가 250억원이었다는 이야기까지 들었다. 그런데 딸은 그 한 끼를 공짜로 먹을 수 있었단다. 그 이야기를 〈한 끼 줍쇼〉 팀 앞에서 들려주었다.

워렌 버핏과의 식사는 딸이 해외에 나가 공부하며 얻게 된 행운이었다. 그때 딸은 워렌 버핏과 차에 동승하여 이야기를 나누는 이벤트에 응모했는데 바로 거기에 뽑혔단다. 딱 두 명에게만 주는 기회였다고 했다. 기라성 같은 연예인들도 입을 다물지 못했다.

그날 연예인들이 내게 인생철학이 무엇인지 물었던 것처럼 딸도 워렌 버핏에게 그걸 물었다고 한다. "미스터 버핏, 당신 인생의 철학은 무엇입니까?" 그때 워렌 버핏이 이렇게 말했다고 한다. 생각지도 못했던 단순한 답이었다. "좋은 사람들이 주변에 많으면 나에게도 좋은 영향이 옵니다. 기운이 좋은 사람들과 함께 하세요."

나는 내 딸이 그저 운이 좋아 그를 만난 게 아니라고 생각한다. 딸은 어려서부터 착했고 주위에 사람도 많았다. 공부도 잘했고 속을 썩인 적도 없다. 내가 검찰청에 끌려간 어려운 시기에 영국으로 건너가 중고등학교를 마쳤다. 그리고 미국에서 명문 퍼듀 대학교를 졸업했다. 그 다음에도 공부에 대한 뜻을 놓지 않고 인시아드 대학원에서 MBA 과정까지 수료했다. 딸에게 그런 노력과 열정이 없었다면 워렌 버핏을 만나는 행운도 따르지 않았을 것이다.

내 자식이라서 하는 말이 아니라 딸은 정말로 좋은 성품을 가지고 있다. 그래서 좋은 사람이 주변에 많았고, 행운도 따랐던 거다.

좋은 사람이 주변에 많아지게 하려면 우선 내가 좋은 사람이 되어야 한다. 그래서 나는 우리 회사 직원들에게도 말한다. "먼저 좋은 사람이 되세요. 그러면 좋은 사람들이 따를 겁니다."

내일을 생각하며

이제 나도 나이가 들었다.

가끔 거울을 보면 오래전 서울에 올라오던 때가 떠오른다. 풋풋하던 소년은 온데간데없고 나이 지긋한 노인이 거울 속에서 밖을 내다보며 웃는다. 나도 거울 속의 나를 쳐다보며 웃곤 한다. 그 많은 세월, 그야말로 많은 일이 있었다. 실패와 좌절, 도전과 성공, 그리고 믿었던 사람들의 배신과 어려울 때 끝까지 함께해 준 사람들의 의리 등 그야말로 파란만장한 삶을 살아왔다. 여느 사람들보다 몇 배는 길고 험한 시간을 보낸 것 같은 느낌에 빠져들 때도 있다.

오랫동안 일하며 고생했으니 이제는 쉴 때라는 말을 종종 듣는다. 그럴 때마다 아직은 쉴 때가 아니라고 말한다. 나는 지금도 매일 일찍 일어나 출근 준비를 한다. 서울의 집에서 인천의 회사까지 달려간다. 휴일을 빼면 단 하루도 거른 적이 없다.

한때 승마와 골프를 열심히 했었다. 지금은 학원을 다니며 색소폰을 배운다. 목관 악기로 부드럽고 힘 있는 음을 내다보면 나를 둘러싼 공기와 시간마저 감미로워진다. 또한 매일 아침마다 정원의 초목과 동물을 돌보고 등산을 다녀온다. 이게 내가 건강을 유지하는 방법이다.

앞으로 살아갈 날이 이제껏 살아온 날보다 많지 않다는 걸 안다. 그러니 더 보람차게 살아야 한다. 후회하는 일이 생기지 않게 애를 써야 하고 보람찬 일을 더 많이 만들어야 한다. 그러려면 건강해야 한다. 건강을 잃으면 다 잃은 거라고 하지 않는가. 아프면 할 수 있는 게 없다.

말을 타고 달리다 보면 흥건하게 땀에 젖는다. 골프채를 시원스럽게 날리고 나도 마찬가지다. 아직 열정의 에너지가 남아 있다는 사실이 그저 고맙다. 이런 에너지를 그냥 날려 버린다면 낭비이지 않을까.

나는 아직도 내게 흘러 넘치는 에너지로 더욱더 많이 봉사하고 싶다. 사회를 위해 내가 더 할 수 있는 일이 무엇이 있는지 항상 찾아보곤 한다. 나를 필요로 하는 곳이 있다면, 언제든지 또 얼마든지 함께할 것이다. 내게 있는 에너지를 보다 많은 사람에게 나눠줄 작정이다.

앞으로 남은 인생을 어떻게 살아갈 것인가. 요즘 들어 이런 주제로 딸과 자주 대화를 나누곤 한다. 백오십 살까지는 건강하게 살며 서로 사랑하자고. 그런 말을 할 때마다 딸은 눈물이 난다고 한다. 내가 고생을 너무 많이 했다고, 남과 가족만을 위해 헌신적으로 살아온 나를 정말 사랑한다고 말한다.

예전 같으면 사랑한다는 말을 건네는 게 참으로 쑥스러웠을 텐데 이젠 그렇지 않다. 간호사로 일하며 교대 근무로 새벽에 출근하는 손녀를 배웅할 때에도 사랑한다는 말을 한다. 가족들에게 사랑한다는 말을 아끼지 않으려 한다.

나는 우리 회사 직원들에게도 사랑한다는 말을 하고 싶다. 사랑하고 또 존중한다고. 앞으로도 서로 사랑하며 같이 발걸음을 내디뎌 보자고 말하고 싶다.

마지막으로 하나의 에피소드를 더 들려드리고 싶다. 파란만장한 인생을 살아온 터라 그런지 책의 마지막에 이르러서도 하고 싶은 이야기가 끊이질 않는다.

다양한 봉사와 사회 활동을 하며 많은 모임에 초대를 받았다. 그중 한 단체에서는 사람들의 권유로 회장 선거에도 나가게 되었다. 그런데 그곳에는 나를 반기는 사람들만 있지 않았다. 시기하고 질투하며 선거에서 낙선되도록 갖은 모함을 다 하는 사람들도 있었다. 그들이 퍼뜨린 소문 중 내가 초등학교밖에 나오지 않았다는 말을 제외한 나머지는 부풀리고 왜곡시킨 것이다. 가장 어이없던 건 내가 뭇 여성들과 허랑방탕한 짓을 일삼는다는 모욕적인 헛소문을 퍼뜨린 거였다.

나는 회장 선거에 나가 단상에 서서 먼저 이렇게 운을 떼었다. "내가 바람둥이에 난봉을 일삼는다는 소문이 돌던데, 그렇다면 여기 모이신 분들 가운데 저와 바람을 핀 사람이 있으면 손을 들어보세요." 나는 그렇게 유머로 헛소문을 부정했다.

이번에는 내 학력에 대해 말했다. "저는 대학을 나왔습니다." 사실이 아닌 말에 모두가 웅성웅성했다.

다음에 이은 나의 말에는 나를 시기하고 질투한 사람들도 크게 웃음을 터트리고 말았다. "제가 나온 대학은 지리산 대학 지게과입니다. 남준 씨는 지리산 대학 고사리과를 졸업했고요." 어린 시절부터 지게를 메고 지리산을 타올랐던 내 경험을 그렇게 농담으로 녹여냈다.

나는 그 말을 끝으로 바로 회장 후보직에서 사퇴했다. 왜냐면 그곳 말고도 나를 필요로 하는 곳이 많았기 때문이다. 나의 오늘은 여전히 어제보다 더 바쁘다.

참으로 희한하다. 나이를 이렇게나 먹었는데도 내일이 기대되니 말이다. 어떠한 일이 벌어지더라도 기꺼이 가슴을 내밀고 맞설 용기가 선다. 내일은 오늘을 열심히 살아야 하는 이유다. 그래서 나는 오늘도 인생이라는 도로를 열심히 달린다.

나를 제일 잘 아는 사람

오랜만에 찾은 고향은 여전히 적막하다.

파란 하늘도 그대로이고 푸른 풀잎도 그대로다. 하늘과 맞닿은 높은 산도 여전하다. 하지만 나는 그때의 소년이 아니다. 어느새 손에는 주름이 가득하고 검은 머리보다 흰머리가 더 많다. 기억 속에 있는 아버지보다 내가 더 늙었다. 지금의 나를 본다면 아버지는 뭐라고 하실까. 누구냐며 알아보지도 못하려니 싶어, 피식 웃음이 난다.

고향의 공기를 들이마셔 본다. 맑은 공기가 입속 가득히 들어온다. 안으로 스며들며 평온을 불러온다. 고향이 이리 좋았구나. 아니, 고향이 몹시 그리웠구나 하던 순간, 눈물이 주르르 흐른다. 슬퍼 흐르는 눈물이 아니다. 다행이다.

또 피식 웃음이 터진 건 송아지 꼴을 베러 나가던 기억 때문이다. 손을 내밀어 보지만, 기억이 잡힐 리는 없다. 마냥 아쉽다.

"복태야, 복태야." 누군가 나를 불러 급히 뒤를 돌아보지만, 아무도 보이지 않는다. 아니, 누군가 나를 불러 놓고는 부끄러워 숨은 건지도 모른다. '혹시 어린 시절의 나인가?'

어린 시절 고향집을 떠나며, 성공한 사람이 되어 반드시 찾아오리라 다짐했더랬다. 고향 사람들이 모두 만나고 싶어 하는 사람이 되겠노라 결심했다.

약속을 지키려고 오늘 이렇게 찾아온 거다. 나는 약속을 지켰다. 아쉽다. 어린 시절의 나를 만날 방법이 없으니, 약속을 증명할 방법이 없다.

피식 웃으며 다시 돌아서는데 누군가가 나를 또 부른다. "복태야, 복태야." 이번에는 돌아보지 않는다. 어차피 또 숨어버릴 테니까.

안다. 오래전 내가 손을 흔들고 있다는 것을. 약속을 지켜줘 고맙다는 말을 어린 시절의 내가 지금의 나에게 말하고 싶어한다는 것을. 잠깐 걸음을 멈추고 지그시 눈을 감아본다.

"고맙다. 평생 나를 지켜줘서."

"잘했어. 넌 부끄럽지 않게 잘 살았어."

"네 삶은 멋졌어. 그리고 충분히 아름다웠어."

"알아, 네가 인생이라는 도로 위에서 매일 쉬지 않고 달려왔다는 걸."

돌아오는 내내 고향집이 생각났다. 그간 살아온 날들이 영화 속 장면처럼 차례로 떠올랐다. 힘들고 어려운 날도 많았지만, 잘 견뎌냈고 잘 이겨냈다.

서울 집으로 돌아오자 남준 씨와 아이들이 어딜 다녀왔느냐고 묻는다. "누굴 좀 만나고 오는 길이야."

누굴 만나고 온 거냐고 남준 씨와 아이들이 다시 묻는다. 궁금하냐고 물으니 동시에 고개를 끄덕인다.

"있어. 나를 제일 잘 아는 사람." 더는 말해줄 수 없다고 말하고는 돌아서서 또 한 번 피식 웃는다.

2024년 어느 가을날

김 복 태

❝ 제아무리 뛰어난 능력과 재주를 가졌더라도 혼자 회사를
경영하고 움직일 수는 없다. 나로 인하여 직원들이 사는 게
아니라 직원들의 덕으로 내가 살고 있다는 걸 잊은 적이 없다.
직원은 애초에 그냥 내 가족이다. ❞

인생이라는 길 위에서

1판 1쇄 인쇄: 2025년 3월 14일
1판 1쇄 발행: 2025년 3월 21일

지 은 이   김복태
펴 낸 이   정원우
편집총괄   이원석
디 자 인   권예진
펴 낸 곳   어깨 위 망원경
출판등록   2021년 7월 6일 (제2021-00220호)
주   소   서울시 강남구 강남대로 118길 24 3층
이 메 일   tele.director@egowriting.com

ISBN 979-11-93200-06-3 (03810)